일각고래의 뿔

일각고래의 뿔

유연희 소설집

강

차 례

일각고래의 뿔

암홍색 어둠의 어디에도 바다는 보이지 않는다. 그럼에도 갯내가 난다. 내게서 나는 냄새일까. 일본인 주차 관리인이 나를 보고 웃는다. 나도 웃음을 보낸다. 그는 한국어를 모르고 나는 일본어를 모르니 어색함을 웃음으로 때운다. 자연은 즉각적으로 틈새를 메운다. 광포하고 얄짤없이. 솔피 강은 바로 떠나라고 했다. 대봉호의 박 선장이 딸려 갔다는 것이다. 어쩌다 그리되었는지 설명도 없었다. 대봉호도 우리 배처럼 고깃배로 위장하고 고래를 잡는다. 평소에는 얌전하게 조업을 하지만 고래를 발견하면 달라진다. 배는 속력을 높이고 배 안엔 긴장과 전의가 차오른다. 포수들은 비밀 장소에 숨겨둔 작살을 순식간에 꺼내

날린다. 그러고는 먼바다로 끌고 가 감쪽같이 해체하고 태연히 돌아온다. 어떤 증거도 남기지 않았고 정보와 감시는 철저하다. 그런 대봉호가 걸렸다니 어찌 된 걸까.

솔피 강은 다짜고짜 공항으로 가라 했다. 민혜와 백이 기다리고 있을 거야. 출어하듯 며칠 나갔다 오라구. 그가 전화를 끊자 나는 여권을 챙겨 집을 나왔다. 돌풍은 느닷없이 분다. 바다에서 공기가 따뜻해지면 위로 올라가는데 그 사이에 빈 공간이 생긴다. 그러면 위에 있던 차가운 공기가 아래에 생긴 공간으로 내려오는데 그게 돌풍이다. '바람의 숨'이라고도 하는 돌풍은 어물거리면 알짤없다. 솔피 강은 그래서 여유를 주지 않았고 돌풍은 빨리 피하는 게 상책이긴 하다.

공항 대합실에는 민혜와 백이 먼저 와 있었다. 선글라스를 낀 민혜와 카키색 야구 모자를 쓴 백은 제법 여행자처럼 보였다. 제일 먼저 떠나는 비행기가 후쿠오카행이에요. 나가사키로 가는 게 어때요? 거기서 하루 묵고 우레시노로 가는 거예요. 민혜가 말했다. 나는 아무 곳이라도 상관없는데 나가사키라니 다이지 마을이 떠올랐다. 백이 야구 모자의 챙을 치켜올리며 소리쳤다. 아니. 구마모토에 지진이 난 거 몰라요? 나는 몰랐다. 어젯밤에 지진이 일어났고 우레시노와는 반경 100킬로 거리라는 것이다. 상관없어. 우리가 가는 곳은 불의 고리와는 반대편이거든. 민혜가 규슈의 지도를 스마트폰으로 보여주었다. 민혜와 백은 모든 것을 스마트폰으로 해결한다. 이게 불의 고리인데…… 이걸 봐요. 불의 고리가 움직이는 판과 우레시노는 반대쪽이거든. 나는 붉은 뱀처럼 꿈틀거리는 불의 고리보다 민혜의 손가락을 보았다. 아니, 손가락이 아니라 손톱이 눈에 들어왔다. 치장을 전혀 하지 않은 손톱은 이상하게 내 눈엔 또 하나의 이빨처럼 보였다. 고래의 생존 도구인 이빨.

　백도 지지 않고 지진 현장을 검색해 들이밀었다. 종이처럼 찢어진 구마모토 성벽과 희부연 연기가 치솟는 아소산, 지점토처럼 떨어져내린 도로 위로 부상자와 사망자 숫자가 지나갔다. 구마모토 공항이 폐쇄되고 수도와 전기 공급이 끊겼어요. 진도 6.7이라고요. 여진이 일주일은 계속될 거라네요. 민혜가 순순히 고개를 끄덕였다. 맞아. 정말 무섭네. 그럼 우리 각자 알아서 합시다. 미스터 백은 가고 싶은 데로 가. 나는 나가사키로 갈래. 황포님은 어쩌실래요? 민혜가 깔끔하게 정리한 후 내게 물었다. 민혜는 다른 사람들처럼 나를 황포라고 불렀다. 황 포수의 준말이었다. 정신이 들었다. 그녀는 명목상이긴 해도 선주다. 솔피 강은 진작부터 배를 동생인 민혜의 명의로 돌려놓았다. 나는 별 준비도 없이 허겁지겁 공항으로 왔다. 어물거리다 민혜를 놓치고 싶지 않았다.

나? 나는 포수이니 선주 따라가야지요. 민혜가 픽 웃었고 백이, 그럼 나는 조수니 포수 따라가야 하느냐고 투덜거렸다.

아니. 아니야. 미스터 백은 원하는 데로 가. 민혜가 진심 어린 어조로 말했다. 그런데 말이야, 지진 지역이라 더 안전할 수도 있지 않겠어? 등잔 밑이 어둡다고 설마 지진 지역으로 튀었다고 누가 상상이나 하겠냐고? 백이 약간 시무룩한 얼굴로 이삼 초 생각하더니 좋다, 같이 가겠다고 했다. 굳이 그럴 필요 없는데? 민혜가 가볍게 튕기더니, 그럼 모두 나가사키에 가서 고래 이빨이나 구경하자고 했다.

고래 이빨? 의외였다. 나가사키 짬뽕과 원자폭탄, 다이지 마을은 떠올랐지만 고래 이빨은 생각하지 못했다. 나가사키에 고래 이빨이 있다고요? 아니나 다를까 백이, 황포님 한번씩 웃겨요, 당연히 이빨도 있지요, 아마 술고래도 있을 거라고 했다. 장생포에 고래박물관이 있으니 나가사키에도 그런 게 있을 거다. 한때 마을 전체가 고래로 먹고 살던 다이지 마을이 있던 지역이니 고래 이빨이나 수염판도 있겠지. 뭔가를 보존하고 관리하는 데 소질이 있는 일본인 아닌가. 선주님 우리 거기 가서 사케 고래를 잡읍시다. 장생포의 명작살잡이가 떴으니 아예 고래 사케를 거덜 내고 와야지요. 백이 호들갑을 떨었다. 조금 전, 지진을 겁내던 녀석답지 않았다.

후쿠오카 공항에 도착했을 때 해가 남아 있었다. 차는 공항에서 렌트했는데 은색 토요타는 모델하우스처럼 깨끗했고 운전은 백이 했다. 나가사키의 숙소는 스마트폰으로 검색하고 한국어 내비게이션을 따라 움직였다. 그런데 호텔 간판을 눈앞에 두고도 주차장이 보이지 않았다. 차가 같은 길을 세번째 서행하자 민혜가 조수석의 차 문을 달칵 열고 내렸다. 내가 가서 물어볼게 하고는 호텔 로비를 향해 뛰어서, 나는 깜짝 놀랐는데 백은 태연했다. 마치 누군가 그래주기를 기다렸던 것처럼. 주황색 조명이 환한 호텔 로비로 뛰어드는 민혜에게서 솔피 강이 보였다. 빠른 판단력과 행동력은 솔피 강의 특기였다. 살아남는 자의 특기. 평소에는 오빠와 다르다 여기던 민혜가 결정적인 순간엔 오빠와 닮아 있었다.

주차장은 강민혜가 내린 후에야 찾았다. 호텔을 끼고 도는 미음 형태의 건물 뒤쪽에 주차장으로 가는 사잇길이 있었다. 길은 어둑하고 주차장 표시도 없었다. 주차 타워 앞에 이르자 안에서 주차 관리인이 나왔다. 우리나라에서라면 왜 주차 표시를 해놓지 않았느냐고 언성부터 높였을 것이지만 외국이라 대신 백을 채근했다. 선주부터 찾아봐. 사잇길은 어두웠고 여자 혼자 낯선 땅에서 길이라도 어긋나면 큰일이다. 백은 군말 없이 왔던 길을 되짚어 갔다. 바다에선 신통찮던 백이 육지에선 달랐다. 인터넷을 잘하고 운전대가 오른쪽인 일본 차도 잘 몰았다. 이상하게 덜거덕거리는 건 나였다. 장생포의 명포수, 바다에서 날고 기는 황포가 고래 수염판에 걸러진 부유물처럼 육지에선 묘하게 겉도는 것 같았다. 괜한 자격지심을 털어내듯 목을 흔들어 어깨를 풀었고, 말이 통하지 않아 할 일이 없던 일본인 주차 관리인은 주차 타워 안으로 돌아갔다.

솔피는 범고래다. 장생포에서는 범고래를 솔피라고 한다. 고래는 가족적이고 호기심이 많아 사람을 좋아하는데 범고래 솔피는 호전적이고 지능이 높다. 미끈한 검은 몸에 눈자위만 하얀 유선형 몸체는 검은 어뢰 같다. 작살잡이들은 고래를 두 가지로 나눈다. 이빨을 가진 것과 아닌 것. 수염판 고래와 이빨 고래. 수염판 고래는 물속의 플랑크톤을 빗자루 같은 수염판으로 걸러서 먹고 살고, 이빨 고래는 다른 고기를 잡아먹고 산다. 수염판이나 이빨이나 결국은 같은 이빨에서 변형되었을 것이다. 어느 게 먼저이고 어느 편이 우수한지는 전문가들이 따질 일이고 나는 이빨에서 고래의 안간힘을 본다. 살기 위한 고래의 투쟁이 이빨 속에 녹아 있는 것 같다. 고래 생존의 전쟁과 역사가 내게는 수염판이고 이빨이다.

지금쯤 장생포 앞바다가 시끄럽겠다. 대봉호의 박 선장은 어쩌다 들통이 났을까. 겉으로는 완전한 고깃배인데 말이다. 우리 배, 장생호도 지금쯤 그물을 걷고 하루의 조업을 마무리하겠구나. 나와 백이 없는 채로. 솔피 강은 조업뿐 아니라 잡은 고래에 대한 관리나 처리에도 철저했다. 판매와 유통을 점조직으로 꾸려 포수인 나도 구매자나 거래처를 모른다.

솔피 강이 노련한 선주답지 않게 놓친 고래가 아까워

뱃전까지 쾅쾅 두들긴 건 솔로가 처음이었다. 하긴 꼬리에 작살까지 박혔으니 그럴 만도 했다. 내 작살을 맞고 달아난 고래는 여럿이지만 혼자가 되어 돌아온 놈은 솔로가 처음이었다. 어쩌다 놈은 솔로가 되었을까. 내가 던진 작살 때문일까. 줄에 매달려 돌아온 빈 작살엔 고무 같은 고래 껍질이 덤퍽 묻어 있었다. 그랬는데 다음 해에 내 작살을 맞았던 놈이 나타났다. 솔로가 되어. 나는 꼬리 부근의 상처를 보고 녀석을 알아보았다. 그리고 성의 없이 '솔로'란 이름을 붙여주었다. 고래도 사람처럼 얼굴이 있는데 어부들은 꼬리로 고래를 분간한다. 더러 고래에게 이름을 지어주는 포수도 있지만 내가 이름을 지어준 고래는 '솔로'가 처음이다. 그리고 아마 마지막이 될 것이다. 바다의 장미, 솔로의 붉은 피는 멎어 있었지만 내가 던진 작살을 맞은 자리는 돌덩이처럼 움푹 살이 패여 있었다.

장생호가 한 무리의 범고래를 발견했을 때 솔피 강은 새끼부터 치라고 했다. 새끼를 잡으면 어미는 저절로 따라오니까. 새끼를 지키려는 본능은 고래도 인간과 똑같다. 고래는 보통 대여섯 마리씩 다니는데 그중 새끼 고래가 한 마리라도 섞여 있으면 어부들은 로또를 탄 것처럼 흥분했다. 어리숙한 새끼만 잡으면 어미는 딸려 오기 십

상이니까. 하지만 요동하는 바다에서 로켓처럼 빠른 고래를 잡는 건 포수의 능력이 아니다. 하늘의 뜻이다. 운과 때와 감이 맞아야 한다. 솔피 강의 작살이 빗나가자 내가 이어 작살을 날렸다. 공기를 가르고 날아간 작살이 어미 고래의 등을 스치면서 게임은 끝이 났다. 고래들은 순식간에 물속으로 사라졌고, 장생호는 미친 듯 추격전을 벌였다. 공기를 뚫은 내 작살은 고래의 꼬리 부근에 박혔다. 성난 고래가 장생호를 뒤집은 것은 얼마 후였다. 숨막히던 추격전의 어느 순간 장생호가 한쪽으로 뒤집혔다. 그전에 거대한 충격이 배 옆구리를 강타했고 포수 세 명이 바다로 튕겨 들어갔다. 솔피 강과 나와 백. 나는 두번째 작살을 겨눈 채 바다에 처박혔다가 시커먼 포탄이 배밑을 유선형으로 날아가는 것을 물속에서 목격했다. 검은 몸피에 선명한 흰 반점의 눈은 살기로 탱탱하여 나는 정신없이 수면으로 도망쳤다. 꼬리에 작살을 단 범고래의 살기가 전기처럼 물속을 짜르르 채웠다. 솔피 강과 백도 허겁지겁 뱃전에 매달렸고 시커먼 범고래가 하늘을 향해 치솟은 건 그다음이었다. 활처럼 갈라진 검은 꼬리에서 벌건 피가 솟아나고 있었다. 꼬리 근처에서 붉은 피가 꽃잎처럼 뭉클뭉클 새 나왔다. 내가 던진 작살에 아직 난 상처, '바다의 장미'였다. 뱃사람들은 혈우병이 있는 고래가 붉은 피를 쏟아내는 것을 '바다의 장미'라고 불렀다.

나가사키의 일광이 수염판을 통과하는 물처럼 빠져나간다. 물처럼 흘러나간 낮. 밝음, 빛의 자리에 어둠이 스민다. 물이 빠진 꼭 그만큼의 질량으로 어둠이 고개를 든다. 고래가 먹이를 고르고 물을 고르듯 어둠이 항구도시를 고른다. 나가사키의 어둠은 장생포와 비슷하다. 바다의 몸내는 육지의 어떤 냄새와도 다르다. 솔로가 장생포로 돌아온 것도 물 냄새를 찾아서일 것이다. 갯내는 해류에 따라 바뀌지만 고래는 그 변화를 알 것이다. 평생을 바다에서 살고도 내게 고래는 미지의 존재다. 무리 지어 다니는 고래 중 간혹 혼자 다니는 놈이 있었다. 나이 들어 집단에서 퇴출당했거나 다른 수컷과의 경쟁에서 밀려난 놈일 것이다. 병들어 죽을 날을 기다리며 혼자 떠도는 고래나 일행을 잃어 낙오한 고래도 있었다.

으쓸. 춥다. 일교차가 크다. 떠나올 때 장생포는 화창했는데 나가사키는 싸늘하다. 배가 고프다. 그 옛날부터 수많은 포수들이 날린 작살을 몸에 박고 달아난 고래들은 어찌 되었을까. 더러는 죽고 더러는 부상에서 회복되었겠지. 그러는 사이 고래는 이빨을 갈고 갈아 수염판을 만들고 일부는 강철 같은 이빨로 강화시켰으리라. 주차 관리인이 사라졌던 쪽에서 민혜가 나온다. 호텔 로비로 연결된 통로가 주차장 건물 안에 있었던 모양이다. 백과 일본인 주차 관리인도 민혜를 따라 온다. 빈방이 있대요. 룸을 세 개 잡았어요. 민혜가 차 문을 열고 가방을 꺼내고 백도 운전석에서 자신의 색을 들어낸다. 주차 관리인에게 키를 건네고 우리는 민혜를 따라 호텔 로비로 간다.

민혜는 로비 직원에게 식당이 어디에 있는지 영어로 묻는다. 직원이 약도를 꺼내 호텔 주변을 설명하자 백도 옆에서 같이 듣는다. 선글라스를 머리 위로 올린 민혜와 떨어져 나는 어둠에 싸인 나가사키를 내다본다. 호텔 로비는 유리벽이라 바깥 거리가 그대로 보인다. 암홍색 어둠이 점점 짙어간다. 어제까지만 해도 내가 오늘 나가사키에 있을 줄 몰랐다. 나의 미래도 마찬가지일 것이다. 작살을 얼마나 더 잡을 수 있을까. 작살을 내려놓으면 무얼 해서 먹고사나. 작살은 내게 고래의 이빨과 같다. 짐승의 생존 도구, 고래의 이빨.

십 분 후에 로비에서 만납시다. 민혜가 내게 카드키를

내민다. 이제부터 사케 고래를 잡으러 가는 거죠? 백이제 방 키를 흔들며 히히거리고 민혜는 눈을 흘긴다.

  어머. 거의 안 드셨네?

  민혜가 내 그릇을 넘겨본다. 배가 부르면 술맛이 떨어져서 일부러 조금만 먹었는데 민혜와 백은 라면 한 그릇을 다 비웠다. 민혜는 해물라면, 백은 돼지고기를 얇게 올린 라면이었다. 호텔을 나와 사케집을 찾다가 라면집에 먼저 들어왔다. 일본 라면 먹고 싶어. 민혜의 한마디에 우리는 주렴을 들치고 들어왔다. 안에는 와이셔츠에 넥타이를 맨 회사원 세 명이 만화책을 보며 라면을 먹고 있었다. 혼자 앉아 식사를 하는 직장인들이 피곤하면서도 편해 보였다. 입구의 서가엔 제법 많은 만화책이 꽂혀 있고 메뉴는 라면과 주먹밥이 전부였다. 주먹밥은 틀로 찍어내고 라면은 토핑에 따라 가격이 달랐다. 밑반찬은 생강절임이 전부. 주문은 메뉴판의 사진을 손가락으로 찍으면 그만이었다. 달그락거리는 소리, 후루룩거리는 소리, 만화책 넘기는 소리뿐 별로 말이 필요 없는 곳이다. 나도 이런 곳에 숨어 라면이나 끓이며 살까. '솔로'처럼 명이 끊어질 날을 기다리며.

민혜가 카운터에서 라면값을 계산한다. 저 영수증은 어떻게 처리될까. 그녀의 통장엔 일반 생선을 경매한 금액과 선원들의 월급, 기름값 같은 비용만 적혀 있을 것이다. 민혜는 불법 포경을 어떻게 생각할까. 불법으로 번 돈으로 공부를 한 그녀다. 대학 공부를 한 자의 양심으로 불법 포경이 괜찮은지 어떤지 궁금하다. 나는 먹고살 만큼만 벌겠다고 했다가 결국은 대책 없는 작살잡이가 되었고, 같은 포수이던 솔피 강은 배 두 척을 가진 선주가 되었다. 솔피 강은 고래 장사에 철저해서 어떤 흔적도 남기지 않았다. 장생호는 고래를 잡으면 먼바다로 끌고 가서 배 위에서 즉각 처분했는데 손발이 척척 맞았다. 선장은 키를 잡고 매 같은 눈으로 바다를 감시하고 선원들은 합동으로 해체에 매달렸다. 고래는 일사천리로 토막 나 바다 냉장고로 직행했고 선원들에겐 당일로 현찰이 지급되었다. 무거운 추를 달고 안전하고 완벽하게 밀봉되어 깊은 바닷속에서 신선하게 숙성되던 고래 고기는 밤이 깊어지면 수거조가 투입되었다. 실패는 거의 없었다. 좌표가 있고 부표가 있으니까. 고기를 끄집어낸 수거조가 조용히 돌아오면 육지에서 기다리던 거래처는 물건을 받아 어둠 속으로 사라졌다. 현금과 현물이 맞교환되고 어둠은 모든 걸 가려주었다. 나 역시 수거조나 거래처가 누구인지 알려고 하지 않았다.

　이제 사케를 먹으러 갈까요?

　라면집을 나오자 백이 길 건너를 손짓했다. 그쪽이 번화하고 사람도 많다. 아닌 게 아니라 배 속에서 술고래인지 술 세포인지가 아우성이다.

　도꾸리에 담겨 나온 사케는 따뜻했다. 앙증맞은 도꾸리는 얄밉도록 작고 사케 고래를 잡자던 백은 아사히맥주를 시켰다. 안주는 초밥과 모둠꼬치.

　술이 들어가자 초밥엔 손이 가지 않고 식초에 절인 양배추가 상큼했다. 일본 여자 둘이 취해서 큰 소리로 떠들고 있었다. 취한 일본 여자를 보는 것도 흔한 구경은 아니라 은근히 귀를 기울이는데, 민혜가 계속 사케를 마신다. 일본 대단하다, 중국인이 들어와 개발한 짬뽕을 나가사키 짬뽕으로 만들고 포르투갈 선교사들에게서 배운 카스테라를 지방 특산물로 만들다니. 백이 수다를 떨었다. 나는 할 말이 없고 아는 것도 없어서 술잔만 비운다. 맞아. 일본은 외국의 좋은 점은 얼른 배워 자기 것으로 만드는 데 선수야. 민혜가 백에게 맞장구를 쳐준다. 우리나라와는 참 다르죠. 우리는 심수관이나 이삼평을 인정하지 않잖아. 여기선 그들을 신처럼 받들어 모신다고요. 백이 다 아는 얘기를 떠든다. 이곳에서 작살잡이는 어떤 대우를 받을까. 궁금하지만 나는 묻지 않는다.

또르륵. 내 잔이 비자 민혜가 채워준다. 사케 떨어지는 소리도 일본스럽다. 일본, 무서운 나라죠. 민혜가 꼬치 하나를 내 앞접시에 덜어놓는다. 약간 황송하다. 고기를 입에 넣고 음미한다. 닭고기인지 양고기인지 모르겠다. 맛이 좋은지 나쁜지도 애매하다. 옛날에 여기 유명한 고래잡이 마을이 있었다면서요? 민혜가 포수는 알 거라 싶은지 내게 묻는다. 오래 전 얘기인데…… 마지못해 내가 입을 뗀다. 굳이 들추고 싶은 얘기는 아니다. 고래 포살. 고래를 잡아 먹고살아야 했던 시절의 얘기다. 작은 어촌 다이지에서는 고래 철이 되면 온 마을이 들썩거렸다. 해안가 언덕에 '야마니'라는 조망대를 설치하고 고래가 오나 지켜보다가 고래가 나타나면 온 마을에 난리가 났다. 마을 배가 총출동하여 선단을 만들고, 선단이 된 배들이 개가 양 떼를 몰듯 고래를 포위하여 한쪽으로 몰고 갔다. 그쪽에는 그물을 실은 배가 미리 기다리고 있었다. 배는 몰려온 고래 주변을 돌면서 그물로 고래를 포위했다. 삼나무 그물은 질기고 강해서 고래의 몸부림에 끄떡도 하지 않았다. 그리하여 고래가 완전히 포위되면 작살잡이가 나서 첫 작살을 날렸다. 하지만 그건 시작에 불과한 것. 그물에 걸려 몸부림치다 힘이 빠진 고래가 작살까지 맞아 기진하면 본격적인 포살이 시작되었다.

한 사람이 바다에 뛰어들어 고래에게 다가간다. 그는 그물에 걸린 고래의 몸통에 기어올라 고래의 분수공에 나 있는 두 개의 숨구멍에 작살을 박아 넣었다. 그런 다음 두 구멍 사이에 연결 통로를 만들었다. 기진했던 고래가 고통으로 마지막 몸부림을 치고 어부는 밧줄을 끼워 고래의 숨구멍을 결박했다. 상처투성이의 고래가 완전히 항복하면 긴 작살로 심장을 찔렀다. 그렇게 죽은 고래를 배에 연결하여 마을로 끌고 와 온 동네가 먹고살던 시절이었다. 자신이 살기 위해 다른 생명을 먹는 행위는 언제나 먹먹하다.

휴…… 한숨은 민혜가 쉬었다. 간단하게 하면 될 얘기가 길어졌다. 민혜가 사케 한 잔을 다시 부어준다. 황포 님. 오늘 많이 드세요. 그녀의 목소리도 허랑하다. 울타리 너머로만 보아오던 여자다. 장미(薔薇)의 뜻이 담장의 아름다움이라 하던가. 철장이 둘러진 담장, 가시 돋친 장미 같던 민혜였다. 그럼에도 내 마음은 혈우병에 걸린 고래처럼 오래 굳지도, 멈추지도 않았다. '바다의 장미'처럼. 아하. 그런 전통이 있었구나. 그렇다면 요즘은 일본이 어떻게 고래를 잡아요? 백이 입가의 맥주 거품을 흐릅 빨아 먹고 묻는다.

일본은 통째로 고래를 퍼 올리지. 작살도 쓰지 않고 말이야. 민혜가 대답한다. 큰 배에서 청음기와 소나(Sonar)를 동원해 대양을 누비며 고래를 잡아. 소나로 고래의 위치를 파악하고 물속에 청음기를 넣어 소리로 고래를 찾아내는 거지. 그런 다음 넓게 포위해서 바다에 물감약을 던져 넣어. 노랗거나 파란 물감이 바닷물에 마구 퍼지면 당황한 고래가 길을 잃고 허둥거리며 포위망 속에 갇히게 되고. 그때 대형 그물로 떠 올리는 거야. 걸리면 살아남는 고래가 없어. 어미, 새끼 가릴 것 없이 통째로 끌려 올라간다고. 장생포에서처럼 한두 마리가 아니고 무리로. 작살을 맞고 달아날 여지도 없다고.

나쁜 놈들.

백이 화를 낸다. 그러고도 시험 포경이라잖아. 민혜가 덧붙인다. 그들이 뿌리는 독약물과 청음기, 소나 때문에 고래가 불임이 되고 병신이 되고 해안으로 올라와 자살까

지 해도 까닥 안 해요. 장생포에선 작살로 몇 마리만 잡아
도 그린피스가 나타나고 언론에서 떠들고 난리를 치면서
일본 같은 나라는 건드리지도 않는다니까. 나라가 힘이
있으니까. 그래서 일본인들이 장생포 고래에 환장하는 거
야. 포수들이 작살로 잡은 고래가 스트레스를 덜 받아 영
양가 높고 맛있거든. 좆같은 세상이야.

민혜의 욕설에 나는 놀라고 백은 헤헤 웃는다. 그러니
황포님. 오래오래 사셔야 해요. 미스터 백은 아직 멀었어
요. 무슨 포수가 때를 기다릴 줄 몰라요. 아까 라면집에서
도 눈이 반짝반짝하던 걸요. 이게 괜찮나 싶어서요. 미스
터 백은 조금이라도 괜찮은 곳이 나오면 금방 도망갈 거
예요. 민혜가 휴지 한 장을 톡 뽑아 코를 팽 푼다. 백은 여
전히 실실거리는데 내가 찔끔한다. 백도 그랬나. 나처럼
염탐했단 말이지.

민혜가 빈 사케 병을 쳐들며 종업원을 부른다. 내가 말
린다. 그녀는 취했다. 욕을 뱉고 눈은 풀렸다. 공중에 들
린 도꾸리 병을 빼앗아 테이블 위에 내려놓자 민혜가 나
를 쏘아본다. 나도 눈에 마주 힘을 준다. 그녀의 눈이 술
기로 빨간 몽돌 같다. 속이 찌르르 울려서 먼저 눈길을 돌

리고 만다. 황포니임. 민혜가 은근하게 나를 부른다. 그녀
는 모를 것이다. 자신이 초등학생 꼬맹이였을 때부터 내
가 좋아했던 것을. 똘똘하고 냉정한 계집애였다. 내게 눈
곱만큼도 관심이 없었다. 하긴 바닷가 마을 헐벗은 머스
마를 누가 좋아하랴. 부디 몸조심하세요. 민혜가 달큰한
술내를 풍기며 내 귀에 대고 속삭인다. 무슨 소리인가. 돌
아보니 민혜가 스르르 눈을 감는다. 붉은 몽돌에 흐르던
윤기가 가려진다. 아. 신기하다. 감은 눈에도 슬픔 같은
게 어린다. 눈을 감고도 감정을 드러낼 수 있다니. 생명이
란 정말 신기하다. 나는 숨을 멈추고 그녀의 얼굴을 훔쳐
본다. 씁쓸한, 아니 쓸쓸한 슬픔이 물처럼 내 속에 번진
다. 민혜가 갑자기 눈을 뜬다. 일본인들이 황포님이 명작
살잡이인 걸 알면…… 그녀의 눈이 또록해진다. 황포님
을 산 채로 잡아 박물관에 전시할지도 몰라요. 백이 왁 웃
음을 터트리고 나는 무안해서, 그만 가자고 백에게 눈을
부라린다.

　선주님이 너무 취했어. 백이 접시에 남은 연어초밥을
입에 구겨 넣은 후, 민혜를 일으킨다. 그만 가입시다. 선
주니임, 일어나요오. 연어초밥 때문에 백의 발음이 물컹
하다.

고래 이빨은 언제 볼 건데?

백이 그녀를 안다시피 하고 걷자 괜히 심술이 나서 고래 이빨은 언제 보냐고 시비 걸듯 묻는다.

술기 오른 몸에 밤바람이 상쾌하다. 백이 민혜를 부축했다. 민혜는 백의 허리를 껴안고 비칠거리는데 나는 그녀의 몸에 손가락 하나 댈 수가 없다. 부축이건 무엇이건 간에.

고래 이, 빨, 요? 대답은 민혜가 한다. 백의 허리에 매달려 있던 그녀는 발을 멈추고, 내일 데지마 상관(商館)에 갈 거라고, 거 거기 고래 이, 빨, 이 있거든요. 민혜는 풀어지는 어조를 다잡으려 용을 쓴다. 이, 일각고래 이빨이 거기 있다고요!

이 나이에 어쭙잖은 질투라니. 부끄러워진다. 아무래도 그녀를 같이 부축해야겠다 싶어 백의 반대편으로 다가선다. 데지마 상관은 아직 보수 중이라는데? 백이 민혜에게 하는 말이다. 인터넷으로 얻은 정보겠지만 백은 아는 것도 많고 선주에게 어느새 반말이다. 민혜는 백의 반말에 개의치 않고, 걱정 마, 고래 이빨은 볼 수 있을 거란다. 일본 사람들 늘 보수 아니면 복원이지 머. 민혜는 백의 옆구리를 주먹으로 쥐어박으며 장난까지 친다. 고래 한 마리가 나타난 게 그즈음이다. 호텔로 가는 횡단보도를 건너기 전, 상점가에서 멋을 부린 고래 경(鯨) 자가 얼핏 보였다. 파란 바탕에 검은색으로 그려진 휘장 속의 고래는 밤바다를 헤엄치는 것처럼 펄럭이고 있었다. 고래 고기를 파는 술집 같다. 민혜가 쪼르르 달려갔다.

어? 너 누구야? 언제 왔어?

그녀가 휘장 속의 고래에게 말을 건다. 고래는 분수공의 양 갈래로 물을 뿜으며 애교를 떨고, 백이 그녀의 팔을 붙잡는다. 그러자 민혜가 휙 뿌리치고는 가게 안으로 도망치듯 쏙 들어간다. 배도 부르고 술도 부르니, 장생포의 작살잡이가 나가사키에서 고래 고기를 사 먹을 필요는 없지만 민혜는 잡아야 한다. 백이 먼저 가게로 민혜를 따라갔다. 안에서 손님을 반기는 일본어가 들려오고 나도 들어가는데 술집치고는 조명이 다소 밝다.

민혜는 자주색 기모노를 입은 주인 앞에서 두리번거리고 있다. 술집이 아니라 고래 기념품 가게다. 사방에 고래 모형이 주렁주렁 달려 있다. 긴수염고래, 혹등고래, 밍크와 돌고래, 낫돌고래와 참돌고래, 향유고래와 범고래가 보이고 내가 모르는 고래도 있다.

고래 뼈로 만든 장식품과 펜던트, 열쇠고리와 고래 목걸이, 귀걸이, 고래 그림과 고래 사진이 고래 백화점 같다. 백도 눈이 휘둥그레진다. 바다에서 사라진 고래들이 모두 여기 모인 것 같다. 나는 자연은 그대로 두자는 주의다. 고래는 적당히 잡아야 생태계가 건강해지고 그래야 그 아래의 고기들이 살아남는다. 최상위 포식자인 고래는 엄청난 양의 먹이를 먹어치워서 그대로 두면 그 밑의 생태계에는 재앙이 된다. 하지만 현실은 자연이 아닌 인간 세상의 힘의 논리로 돌아가는 법. 고래는 무절제한 포획이나 남획보다 인간에 의한 오염, 무분별한 기계의 사용으로 줄어들었다. 강대국은 고래를 병들게 하고 임신과 출산에 막대한 스트레스를 주어 치명적 악몽을 선사하고도 자국의 이익을 위해 협상하고 타협한다.

사실 이제 고래는 잡을 필요가 없다. 하나도 버릴 것 없던 고래는 공업의 발전으로 대체 가능해진 지 오래고 고래를 원하는 것은 자본가들이다. 그들은 옛날 다이지 마을처럼 먹고살기 위해서가 아니라 돈벌이로, 호사가의 즐거움을 위해서 고래를 찾는다. 사실 고래는 불량식품이다. 수은 등 중금속에 오염되었고 좌초한 고래의 경우는 더 심각하다.

강대국이 시험, 과학 포경이란 허울로 포경 금지의 그물을 빠져나가지만, 최상위 포식자인 고래가 스스로 해변에 올라와 자살할 땐 오죽했으랴. 기생충에 감염되고 병든 고래들이 숨이라도 편히 쉬러 해안으로 올라와 죽는 것이다. 환경단체 같은 데서 고래를 치료해 살려주어도, 고래들은 다시 육지로 올라와 죽음을 기다린다. 하지만 이익을 노리는 자본은 자살한, 스트랜딩한 고래까지 눈독을 들인다. 먹지 말라면 더 먹고 싶어 안달하는 미식가들을 위해 불법은 춤을 춘다. 밍크나 돌고래까지 고급 어종으로 둔갑해 요릿집에 상납된다. 환경 단체는 힘 있는 나라는 껄끄러우니 접어두고 이길 가능성이 있는 나라를 희생양으로 공략한다. 수공업적 포경을 하는 작은 나라를 타깃으로 삼아 징벌의 칼날을 휘두른다. 예부터 힘없는 것들은 총알받이 신세가 아니던가.

이건 뭐지?

백이 무언가를 골똘히 본다. 상아로 만든 보검 같다. 아 그거? 진열장 안의 장검 같은 상아를 보고 민혜가 반긴다. 그게 바로 일각고래의 뿔이야. 유니콘의 뿔이라고. 내일 데지마 상관에 가서 보려 했는데 여기도 있네. 그녀가 좋

아라 한다. 술이 깨는 모양이다. 유니콘의 뿔? 나도 다가
간다. 이거 엄청 비싼 거예요. 민혜가 속닥거린다. 일각고
래의 뿔은 소문으로만 들었다. 정확히는 뿔이 아닌 이빨
이지만. 북극에 사는 고래의 어금니가 상아처럼 길게 튀
어나온 것이라고 했다. 북극 고래는 유빙을 뚫어 숨을 쉬
고 먹이를 잡고 적을 물리치니 어금니를 작살처럼 변형시
킨 것이란다. 뿔이 아니라 작살인데? 백이 주먹을 쥐었다
펴며 작살 잡는 시늉을 해 보인다. 정말 작살과 흡사하다.
포수들의 작살. 나도 모르게 고개를 끄덕인다.

　포수는 작살로 먹이를 잡고 경쟁자를 물리쳐 숨을 쉬니
작살이 맞다. 와, 손이 근질근질하네. 백이 작살의 손잡이
부분을 진열장 위에서 가늠하며, 꼭 맞네, 지난번에 내가
잃어버린 바로 그 작살이잖아, 하고 능청을 떨자 민혜가
받아준다. 그래? 그럼 이거 우리 거네? 우리가 가지고 가
야겠네. 카운터의 주인이 여차하면 달려올 눈빛으로 우리
를 주시하고 있다.

　이거 수컷이죠?
　민혜가 불쑥 내게 묻는다. 작살을 맞고 도망 온 동족을
보고 고래들이 궁리했을 거예요. 우리도 이런 게 있어야

한다고. 그래서 수컷의 이빨을 이렇게 단련시킨 거죠. 아주 오랫동안, 그야말로 이를 갈면서 말이에요. 암컷은 새끼를 잉태하고 종족을 보존해야 하니까 제외시킨 거고요. 과연 솔피 강의 동생다운 추리다. 내 이도 어딘가 근질거리는 것 같다. 더글더글. 나도 이를 갈아본다. 아래윗니가 잘 맞물리지 않는다. 그래도 계속 갈아본다. 고래도 손이 있으면 인간처럼 도구를 만들었을 거다. 손이 없으니 자신의 신체 중 가장 강한 이빨, 어금니에서 방법을 찾았을 것이다.

어머, 저거 좀 보세요. 민혜가 내 팔을 톡 친다. 진열장 속에 누워 있던 작살 뿔이 들썩거린다. 마치 내게 응답하는 듯이. 어? 백도 신기해한다. 카운터의 주인 여자가 바닥으로 스르르 내려앉은 게 그다음이다. 벽에 걸린 액자하나가 들썩이고 천장의 고래 모형도 부르르 몸을 떤다. 마치 오랜 잠에서 깨어나려는 것처럼.

지진이에요!

백의 외침에 민혜의 눈이 팽팽해진다. 아니다. 고래가 작살을 본뜬 게 아니고 인간이 일각고래의 뿔을 보고 모방했을 거다. 아니면 각자의 필요에 따라 만들어진 도구가 우연히 일치했거나. 백이 잽싸게 출입문 쪽으로 달아

나고 민혜가 얼결에 따라가다 나를 돌아본다. 아아. 이빨 하나로 남은 고래야. 어찌하여 너는 지구 반대편의 이 먼 나라, 작은 항구까지 흘러와 뿔 하나로 이리 누웠느냐. 전생을 이빨 하나에 처연히 담고 말이다. 장생포의 작살잡이가 다리를 벌려 중심을 잡자, 발밑이 고래 등처럼 움찔거린다.

손가락 꺾기

양심도 없는 놈. 꼭 지 애비를 닮았어.

나와 눈이 마주치자 어머니가 내뱉었다. 그러고는 집 쪽으로 몸을 돌렸다. 어머니는 늙은 곰처럼 집 앞 도로를 어기적거리며 놀이방에서 돌아올 현서를 기다리고 있었다. 관절염을 앓는 어머니의 건강이 걱정되어 아이 마중을 나가지 마시라고 여러 번 말렸다. 어머니는 흥, 요즘이 어떤 세상인데, 하며 내 말에 콧방귀를 뀌었다.

집 앞 도로에서 나를 만난 어머니는 일주일 동안 악화되었을 다리를 끌며 집으로 돌아갔다. 양심도 없는 놈, 꼭 지 애비를 닮았어. 느닷없이 노인에게 한 방 맞은 나는 도로변에서 아이를 기다렸다. 회사에서 일주일 만에 집으로 오던 길이었다. 모처럼 부두에 일이 들어왔었다. 그동 안 일이 없었다. 화물선들은 시설 좋은 신항이나 대형 부 두로 빠져나갔는데 요행히 러시아 대형선 한 척이 우리 부두로 기어들었던 것이다. 코로나 때문이었다. 대형 부 두나 신항에서 코로나를 겁내 러시아 배를 보이콧하는 통 에 우리 부두로 넘어온 배였다. 작업자들은 일이 종료되 면 두 주간 자가 격리를 해야 한다. 작업에 투입된 노조원 들은 부두와 집만 오가고, 다른 지역으로 이탈하면 안 된 다. 가족의 결혼식이나 집안 행사에도 참석할 수 없었다. 어머니는 그런 사정은 아랑곳없이 내가 일주일 만에 집에 왔다는 것으로 성질을 부리는 것이다. 노인은 코로나나 회사 사정을 모르지만 나도 어머니에게 조곤조곤 설명하 고 싶지 않다.

하긴 어머니는 일 때문에 일주일 만에 귀가할 수밖에 없 었다고 설명해도 믿지 않았을 거다. 어머니는 내가 현서 와 늙은 자신이 싫어 일부러 바깥에서 돈다고 생각한다. 사실일지도 모른다. 가끔 모든 게 지겹다. 아이와 집, 회 사까지. 어쩌면 어머니의 불신은 나의 권태와 양상만 다 를 뿐 근본이 비슷할지도 모른다. 어머니는 나뿐 아니라 세상 사람을 모두 믿지 않는다. 당신 남편부터 믿지 않았다. 어쨌거나 어머니의 관절염은 내 앞에서만 심해진다.

현서가 어린이집 봉고차에서 내린다. 아이는 오랜만의 아빠를 흘깃하더니 못 본 체하고 집을 향해 타박타박 걷는다. 저 어린것의 머릿속에 무엇이 들었을까. 다섯 살짜리 계집애가 세상 혼자인 듯한 얼굴로 걷는 모습이 짠하다. 봉고차의 차량 교사가 눈인사를 하더니 다가와 속삭였다. 현서가 돌아오는 차 안에서 오줌을 쌌어요. 왜요? 그러고 보니 아이는 다른 아이들과 달리 혼자 빨간 바지를 입고 있다. 차에서 무슨 일이 있었능교? 아니요. 여선생은 아무 일도 없었단다. 나는 뒤에서 아이를 답쑥 들어안았다. 아이의 몇 걸음은 고작 내 한 걸음에 불과하다.

이야 우리 현서, 빨간 바지 멋지네.

종이처럼 가벼운 아이가 입을 삐죽거린다. 아빠는 말이야. 여섯 살 때까지 바지에 오줌 쌌거든. 현서는 몇 살이고? 다섯 살. 아이의 대답이 새침하다. 그럼 일 년 더 옷에 오줌 싸도 되겠네. 할머니가 혼낸단 말이야! 할머니에게 말 안 하면 되지. 왜 남의 바지를 입었냐고 물으면? 음, 친구가 현서 바지에 물 쏟았다고 할까. 친구 누구? 가

시내야. 니 친구를 네가 알지 내가 어찌 아노. 그럼 아빠, 정수로 할래.

정수를 들먹이며 아이는 밝아진다. 정수? 왜 하필 정수인가. 정수가 요즘 놀이방에 안 나오거든. 아이가 내 목에 팔을 두르며 쫑알거린다. 정수 가족이 전부 병원에 있대. 정수 아빠가 운전하다 사고 났다고 선생님이 그랬어.

정수는 박씨의 둘째 아들이다. 박씨는 교통사고를 당해 일가족이 병원에 입원하는 통에 부두에 나오지 않고 있다. 박씨는 식당에서 가족과 고기를 먹고 나오다 버스를 들이받았다. 얼마 전에 처음으로 중고차 한 대를 샀던 박씨는 아직 초보 운전자다. 현서랑 정수는 같은 어린이집에 다닌다. 부두 노무자의 자녀들은 대부분 같은 어린이집이나 학교에서 만난다. 관리직은 대개 아파트에 살고 노무자는 부두 근처 주택에 밀집해 산다.

어디 가서 미친년이라도 하나 데려와라.

집으로 들어서자 안방 문을 열어놓고 담배를 피우던 어머니가 기다렸다는 듯 쏘아붙인다. 이젠 힘에 부쳐 니 새끼 더 못 키우겠다. 나도 부양을 받아야 할 나이다. 어머니는 저녁을 차릴 생각이 없어 보였고, 현서의 바지가 바꿴 것도 몰랐다. 나는 중국집에 전화를 걸어 자장면과 우동을 시키고 내 방에 들어가 옷을 갈아입었다. 일주일 밤낮을 부두에서 라싱 작업을 했다. 속이 답답했다. 바깥바람이라도 쐬면 나을 것 같고 어머니에게 손가락이라도 따달라고 하려고 부두에서 나왔었다.

남들은 이 나이에 통장에 돈 들어오는 재미로 산다더라. 니 눈엔 에미 늙어가는 게 뵈지도 않냐. 어머니의 단골 레퍼토리가 시작되었다. 돈 타령과 여자 타령은 지치지도 않았다. 미친년이라니. 현서가 듣고 있지 않은가. 일주일 만에 만난 아빠도 못 본 척하던 아이인데. 현서가 더 이상 자라지 않으면 좋겠다. 그래서 할머니의 모진 말을 못 알아들으면 좋겠다.

일주일 간 입었던 작업복과 아이 바지를 세탁기에 던져넣고 전원을 눌렀다. 휘잉. 전기가 들어오고 세탁기에 물이 들어왔다. 그 순간 무언가 치밀어 올랐다. 재채기나 기침처럼 터져 나오려는 그 무엇을 지그시 눌렀다. 호주머니를 뒤져 지폐를 있는 대로 꺼내 세탁기 위에 던져놓고 집을 나왔다.

그길로 부두로 돌아갔다. 그리고 그날 저녁, 손가락을

꺾었다. 컨테이너 위로 올라가 꺾쇠에 검지를 넣고 틀었다. 우둑. 뼈 꺾이는 소리에 머리가 쾡 울렸다. 신음은 이빨 사이로 악물었으나 무시무시한 고통이 가슴께에 걸려있던 '그 무엇'을 짓이겨댔다. 아버지는 왜 그랬을까. 어린 아들과 아내가 보는 앞에서 왜 손가락을 꺾었을까. 초등학교 5학년, 여름이었다. 햇빛이 수돗가의 양은 대야에서 하얗게 자지러지던 폭염의 한낮, 아버지가 땀을 뻘뻘 흘리며 허적허적 대문을 들어섰다. 며칠 만에 나타난 아버지를 어머니가 마루 위에서 싸늘하게 건너다보았다. 나는 평상에서 숙제를 하던 중이었다. 씨익. 넉살 좋은 웃음을 흘리며 들어오던 아버지는 멈칫했다. 댓돌로 마악 올라서려다 어머니와 눈이 마주쳤다. 짧은 순간 두 사람의 시선이 튀었다. 아버지는 어머니의 빈정거리는 시선에 밀려 두어 걸음 뒤로 물러서는가 하더니 수돗가로 몸을 틀었다.

은색 수도꼭지는 땡볕에 달아 수은처럼 자글거렸다. 아버지는 뜨거운 수도꼭지에 손가락을 집어넣었다. 나는 아비가 무엇을 하려는지 전혀 몰랐다. 다만 저러면 수돗물이 나오지 않을 텐데. 하도 오랜만에 집에 와서 수도꼭지 트는 법을 잊어버렸나, 의아하게 생각했다.

짧은 정적이 흘렀다. 하얗게 말라 자지러지던 수돗가의 양은 대야도 침묵했다. 우둑. 아버지의 손가락 뼈 부러지는 소리는 들리지 않았다. 잠시 후 아버지는 천천히 수도꼭지에서 손가락을 빼냈고, 허정거리며 대문을 빠져나갔다. 아버지의 손가락이 지열 속에서 덜렁거렸던가.

눈을 뜨자 주황빛 조명 아래 부두의 작업자들이 야간작업을 하고 있었다. 크레인이 마지막 컨테이너를 찍어 올리는 걸 확인한 후, 나는 밤의 부두를 나와 병원으로 갔다.

의사는 장애 판정은 어렵다고 했다. 원하던 바였다. 부두 근처의 오래된 병원은 엘리베이터도 없는, 부두의 나이롱환자 전문 병원이다. 두어 달 병원에서 쉰 후 배를 타고 바다로 나갈 것이다. 갈 곳은 바다뿐이었다. 낮에는 외출증을 끊고 나와 중앙동의 선박회사를 뒤지고 다녔다. 오늘도 종일 해운회사를 쑤시고 다녔고 저녁에야 입원실로 돌아와 쉬는데, 노크 소리가 났다. 문병 올 사람이 없었다. 옆 침상의 문병객인가 하여 몸도 돌리지 않고 텔레비전을 계속 보았다. 한일 친선 축구 경기가 중계되고 있었다.

조장님, 접니다.

박씨가 등 뒤에 서 있었다. 박은 목발을 짚고 한쪽 눈 위에 붕대를 붙이고 비닐봉지를 들고 있었다. 그가 일가 족 교통사고로 입원했다는 소문은 부두에 파다했다. 아 니, 자네가 여기 웬일인가? 박은 내 침상에 걸터앉아 비 닐봉지를 풀었다. 어제 이 병원으로 옮겼어요. 봉지 속에 서 만두와 회초밥이 나왔다. 대학병원에서 입원실이 나 지 않아 응급실에 식구대로 누워 있다가 이리로 왔어요. 우리처럼 빽 없는 놈은 큰 병원에서 치료도 받을 수 없더 라고요. 큰놈 상수만 남겨놓고 나머지 식구들은 이곳으로 온 거죠. 첫째는 며칠 후에 코 수술을 받아야 하고, 자신 도 눈 위가 찢어져 허벅지 살을 떼어 땜빵 하는 수술을 받 아야 하는데, 이 병원은 그런 수술은 못한다네요. 대학병 원에서 큰애라도 받아줘서 다행이지요. 박씨가 만두를 우 물거리며 늘어놓았다. 뭐가 다행이란 말인가. 나는 저녁 식사를 했음에도 시큼한 초간장에 만두를 찍어 우물거렸 다. 응급실에서 네 식구 검사비만 천만 원이 나오더라고 요. 무어, 천만 원? 놀랐다.

어딜 가나?
협성해운의 정 대리와 만나기로 하여 외출증을 끊어 병

원을 나오는데 박씨가 사복 차림으로 한쪽 다리를 끌며 계단을 내려왔다. 첫째 코 수술 전날이라 가보려고요. 같은 방향이라 박씨를 내 차에 태웠다. 약속 시간도 넉넉했다. 좁은 복도를 뛰어다니는 박씨의 아들들 때문에 일찍 나온 참이었다. 복도를 사이에 두고 일가족 네 명이 몽땅 들어앉은 박씨네 입원실은 소란했다.

텔레비전 소리 말고는 고즈넉하던 입원실이 박씨의 아이들 때문에 시끄러웠다. 박씨의 와이프는 아이들이 복도에서 뛰건 말건 모르쇠였다. 본래 배짱이 센 여자인지 둔한 것인지 알 수가 없었다. 그녀는 입원실에 컴퓨터까지 갖다 놓고 종일 들여다보았다. 게임을 하는지 다른 뭔가를 하는지 알 수가 없었다. 박의 아들 하나는 팔을 다치고 또 한 놈은 어깨를 찢었다는데 삼 일 만에 아이들은 병원에서 놀이방과 유치원으로 등·하원을 했다. 일가족이 다쳤으면 예삿일이 아니련만 박도 그닥 어두운 기색이 아니었다. 보험과 보상금을 믿고 그런다는 소문이 부두에 파다했다.

박씨의 첫째 아들은 만화책을 보고 있었다. 박씨를 그의 아들이 입원한 대학병원 앞에 내려주려다가 잠깐 문병

하기로 했다. 입원실이 모자란다더니 박씨의 첫째는 8인실의 노인 병실에 있었다. 노인실 특유의 퀴퀴한 냄새가 숨을 막았다. 침대마다 드리워진 비닐 칸막이도 공기 흐름을 방해했다. 아이 옆에 있던 간병인이 몸을 일으켰다.

아들, 잘 있었나?

햇빛을 못 본 박씨의 첫째는 얼굴이 노랬다. 수술 끝나면 내가 게임 팩 사준다 했제? 박씨의 말에 아이가 고개를 끄덕인다. 코뼈를 세우는 수술이라 했다. 어이 미남. 니, 진짜 사나이제? 한숨 자고 나면 수술이 끝나 있을 기다. 겁내지 마라. 나는 아이의 머리를 쓰다듬어주고 호주머니에서 만 원 한 장을 꺼내 쥐여주었다. 간병인이 박씨와 내게 주스병을 하나씩 건넸다. 초록색 액체 사이로 투명한 알로에 조각이 떠다녔다. 설탕물 같은 음료에서 희미한 식물 맛이 났다. 쓰레기통을 찾자 간병인이 빈 병을 거두어갔다. 24시간 텁텁한 공기 속에서 아이를 간병하는 것도 지겨울 것이다.

상수야. 아저씨께 고맙습니다, 인사드려야지. 간병인이 아이에게 소근거렸다. 화장기가 전혀 없어 얼굴이 흐릿해 보이는 여자였다. 그제야 나는 간병인을 돌아보았다. 바람이 불어야 아, 거기 있었구나 하고 알게 되는 잡풀처럼 눈에 띄지 않는 여자였다. 간병인이 얼른 손으로 입을 가렸다. 그래서 오히려 보게 되었다. 간병인의 잇몸을. 비정상적인 색이었다. 잘 익은 수박빛의 잇몸이 기이했다.

간병인은 내 시선을 알아차리고 천천히 손을 내렸다. 황급히 입을 가리던 것과는 판이하게 다른 속도였다. 그러고는 입을 닫았다. 물 밖으로 끌려 나온 조개처럼 완강한 침묵이었다. 고맙습니다. 아이가 인사를 했다. 나는 아이에게 손을 들어 보이고 병실을 나왔고, 박씨가 뒤따라왔다.

누구야?

휴게실까지 따라온 박씨에게 물었다. 아, 예. 집사람의 사촌 언니예요. 아들 간병하느라 와 있어요. 괜찮아? 뭐가요? 박씨가 되물었다. 그 여자 잇몸이 좀 이상하던데? 박씨가 픽 웃었다. 보기에 좀 그렇지요. 안 그래도 잇몸 때문에 이혼당하고 친정에 와 있어요. 이혼이라니. 요즘 시대에 그런 걸로 이혼이라고? 의술도 좋은데.

그러게요. 박씨가 호주머니에서 담배를 꺼냈다.

어쨌건 어머니가 봤으면 재수 없는 여자라고 했을 것이다. 하긴 어머니에게 재수 있는 여자가 어디 있을까. 현서

에미도 어머니의 등쌀에 못 견뎌 집을 나갔다. 역시 박씨다.

휴게실에 우리뿐이긴 했지만 그는 공공장소에서도 스스럼없이 담배에 불을 붙였다. 유연한 것인지 대처 능력이 타고난 건지. 온 식구가 자신의 운전 미숙으로 환자가 되어도 박씨는 여전했다. 입원실이 없다고 수술을 거부한 대학병원을 성토할 때조차 나는 그의 분개가 진심인지 의심스러웠다. 집 한 칸도 없으면서 아들을 세 명이나 싸지르는 것도 그렇고, 아내를 두고도 이 여자 저 여자와 연애를 하는 것도 그랬다. 박씨의 와이프는 남편의 바람기를 아는지 모르는지 복도에서 마주쳐도 태평했다.

의술이 좋으면 뭐 해요? 병원에서도 방법이 없다는데.

박씨가 담배 연기를 내뱉었다. 간호사라도 나타나면 어쩌지. 나는 주위를 두리번거렸다. 치료가 안 되는 거야? 알아볼 만큼 알아봤는데, 정확한 이유는 모른다고 하더래요. 동네에서도 한동안 떠들다가 이젠 그러려니 하나 보던데요. 그 집 우물에 문제가 있다느니, 집터가 문제라느니, 본래 그런 유전병이 있는 집안이라느니. 굿을 하고 점도 치고 했는데 잇몸병은 어쩔 수 없나 보던데요.

협성해운의 정 대리는 두 달 후면 출항할 수 있을 거라

했다. 두 달이면 손가락 골절도 아물 것이다. 사례비를 준비해야 했다. 정 대리와 헤어져 거리로 나오자 찬란한 햇빛 아래 바람이 거셌다. 바다에서 불어오는 바람이 중앙동에서 남포동 방향으로 불었다. 4월. 시내의 사람들은 봄옷을 입었는데 나는 겨울이다. 어머니와 딸아이도 겨울이었다. 어디서 돈을 만드나. 손가락 부상의 보험금은 어머니의 생활비로 드려야 한다. 정 대리가 소개하는 배는 조건이 괜찮았다. 가스선으로 믿을 만하지만 소개비가 만만찮았다. 전에는 소개비가 아까워 직접 송출회사를 상대하고 배를 찾았었다. 일본 쓰루가항에 정박해 있던 배에 겨우 올라가자 기가 막혔다. 노예선이 따로 없었다. 불그죽죽하게 녹슨 똥배에 동남아 선원들이 허깨비처럼 어슬렁거리고 있었다. 소말리아 해적에게 나포된 선원들 같은 몰골이었다. 일단 출항하면 나도 곧 저들과 같은 신세가 될 것이었다. 결국 비행깃값만 날리고 되돌아왔다. 그때 나갔어야 했나.

　몇 년 전의 일까지 뒤적거리며 대학병원까지 걸었다. 어머니는 나를 사기꾼의 자식이라 했다. 내게 사기꾼의 피가 흐른다는 것이다. 아버지는 개장사를 했고, 집 장사를 했고 나중에는 돈을 모아 버스 회사도 꾸렸다. 아버지는 친구나 친인척들의 돈을 여러 번 떼어먹었다. 어머니 형제들의 돈도 돌려주지 않아 어머니는 친정에 발을 끊어야 했다. 아버지는 수시로 집을 나갔고 잠적하거나 증발했다.

아버지가 없는 동안은 차라리 집안이 평화로웠다. 어머니와 싸우는 모습을 보지 않아 다행이었다. 하지만 그 평화는 어머니의 시중에 돈이 떨어지면 그만이었다. 돈이 없으면 어머니는 집 안의 집기들을 내다팔았고, 그 일은 내 몫이었다. 녹음기나 카메라, 금반지와 목걸이, 어머니의 밍크 코트 따위를 들고 전당포, 친척집을 돌아야 했다. 그중 질색인 것은 양담배나 양주 같은 걸 들고 동네 가게에 들어가 얼마라도 달라고 사정해야 하는 일이었다.

대학병원 창구엔 사람들이 복작거렸다. 밖은 화창한데 세상엔 아픈 사람이 어찌 이리도 많은지. 접수 창구를 지나 원무과로 들어갔다. 직원들은 전화를 하거나 컴퓨터를 두들기느라 나에게 신경을 쓰지 않았다. 원무과장이라는 명패가 놓인 책상을 향해 다가갔다.

원무과장님이십니까?

내실처럼 제일 안쪽 책상에서 컴퓨터를 들여다보고 있

던 정수리가 벗어진 남자가 고개를 들었다. 좀 물어볼 게 있어서 왔는데요. 그가 콧등으로 흘러내린 안경을 끌어올리며, 접수창구에서 알아보라고 했다. 나는 움직이지 않았다. 내 동생이 얼마 전에 교통사고를 당해 일가족이 응급실에 들어왔었소. 원무과장이 얼굴을 찌푸렸다. 무시하고 목소리를 깔았다. 그런데 수술이 필요한 부상자가 두 사람이었는데 입원실이 없다고 아이만 남기고 나머진 전부 내쫓겼소. 원무과장이 허리를 펴 의자 등받이에 등을 기댔다. 그의 이마에 내 천 자가 그려졌다. 그래서 어쨌다는 건데? 그의 이마가 말했다.

내가 알고 싶은 건…… 호흡을 한 번 끊었다. 입원실이 없다고 쫓아낼 거면 응급실에서 천만 원어치의 검사는 왜 한 거요? 과장의 안경이 형광등 불빛에 반사되었다. 표정은 알 수 없었다. 천만 원이 늬 집 애 이름이요? 우리에게는 전 재산이오. 대답해주시오. 입을 앙다물자 원무과장의 얼굴이 굳었다.

무슨 오해가 있는 모양인데 일단 앉아서 얘기합시다. 의자 등받이에서 허리를 뗀 원무과장이 나를 소파로 이끌었다. 여기 차 좀 줘요. 그가 여직원에게 소리쳤다. 지금 차 마실 기분이 아니오. 나는 근무시간에 나왔어요. 코로나 때문에 근무지를 이탈하면 안 되는데…… 하아. 나는 숨을 몰아쉬었다. 하도 화가 나서 직장에서 쫓겨날 각오를 하고 여기까지 왔다고요! 내 목청이 쑥 올라갔다. 원무과장의 얼굴이 하얘졌고, 정말 속에서 부아가 올라왔다. 유니폼을 입은 여직원이 노르스름한 녹차를 테이블에 내려놓았다. 고소한 훈기와 냄새가 퍼져 올랐다. 다시 한번 원무과장이 앉으라고 자리를 권했다. 고동색 비닐 의자에 무겁게 몸을 내려놓았다.

지금 내 동생이 어떻게 하고 있는 줄 아시오? 회사 앞의 작은 개인병원에 팔다리 부러진 환자들 사이에 누워 있어요. 눈탱이가 뭉텅 떨어져 나간 채 말이요. 만일 내 동생이 열악한 환경에서 감염이라도 되면 어쩔 겁니까!

접수창구의 사람들이 내 쪽을 건너보았다. 당신들 분명히 그랬소. 입원실이 없다고. 내 동생 가족을 내쫓은 시간부터 이 병원에 입원한 인간 있으면 내 가만 안 있을 거요. 힘없고 빽 없다고 우릴 무시하는 거 아니오? 하지만 그래서 우리 같은 바닥 인생, 겁나는 것도 없다고요. 내가 근무시간에 코로나 금지령까지 어기면서 여기까지 온 거 보면 모르겠능교! 예에!

아아, 우선 차부터 한잔 드시고 차근차근 얘기해봅시

다. 원무과장이 나를 달랬다. 환자 이름이 어찌 됩니까? 원무과장이 사근사근 묻고는, 이분 차트 가져와, 직원을 향해 소리쳤다. 이쪽을 홀깃거리는 시선이 늘어나고 원무과장은 아예 몸을 돌려 직원을 채근했다. 조금 전에는 접수창구에 가서 얘기하라던 그였다.

원무과장은 벌떡 일어나 담당 직원의 서류함으로 다가갔다. 나는 천천히 차를 마셨다. 고소하고 따뜻한 현미차가 목 안으로 흘러 들어오자, 그 옛날의 어린 내가 기억났다. 이름도 모르는 양담배나 조니 워커 병을 들고 어둑한 가게를 헤매던 막막함이 생생하게 떠올랐다. 젊은 직원이 차트를 들고 황망히 다가왔다.

택시가 광안대교에 올라선다. 간병인이 차창을 조금 열었다. 아이는 여자에게 기대 잠들었다. 오늘 박씨의 첫째 아들은 퇴원했고, 박씨는 내일 대학병원에 입원할 것이다. 내가 원무과에서 떠들고 온 다음 날, 박씨의 핸드폰으로 연락이 왔다. 이제라도 수술을 할 의사가 있느냐고. 그 뒤로 박씨는 나를 신주처럼 모신다.

박씨는 교통사고나 보험 처리도 내게 일임했다. 보험회사에 전화를 걸어 빨리 처리해달라고 압박한 것도 나였다. 박씨는 충분한 사례를 약속했다. 당연하지. 그에게 받은 돈으로 배 소개비를 충당할 것이다.

오늘은 박씨 아들의 퇴원 기념으로 돼지갈비 파티를 하기로 했다. 어머니와 현서도 함께할 것이다.

입원비가 많이 나왔지요?

뒷좌석의 간병인이 뜬금없이 물었다. 박씨는 아들 병원비를 정산할 돈도 없어 내가 회사에서 이천만 원을 융자 알선해주었다. 보험금은 병원비 결제 후에 나올 것이다. 간병인이 그걸 왜 묻는 걸까. 뭐라고요? 나는 백미러로 여자를 보며 되물었다.

아이들 할머니가 병원비 걱정을 많이 하셔서요. 아까도 전화가 왔어요.

여자가 표정 없는 눈으로 대답했다. 알맹이는 쏙 빠진 껍질처럼 텅 빈, 모든 것을 포기하고 양보하고 살아온 자의 눈빛이다. 기대를 없애고 자기를 비운 삶. 박씨에게 들은 선입견 탓일 것이다. 아이를 두고 집을 나가던 아내의 눈도 저랬을까. 당신 어머니랑 살아. 아이도 어머니가 잘 키워주실 거야. 이 집에선 내가 사라져야 해. 그때 아내를 붙잡아야 했나. 어머니를 포기해도 당신을 포기할 순 없다고 우겨야 했나. 그랬다면 나는 손가락을 꺾지 않았을까.

간병인이 차창으로 눈을 돌렸다. 문득 빨간 잇몸이 떠올랐다. 수박 속처럼 빨간 잇몸을 가지고 사는 삶은 어떤 것일까. 스스로 손가락을 꺾는 인간과 어떻게 다를까.

생각보단 적게 나왔어요. 원무과에 아는 사람이 있었거든요. 거짓말이 술술 나왔다.

나는 전혀 기억이 안 나는데 동천고등학교 나오지 않았냐고 묻더라고요. 그렇다고 했더니 몇 회 아니냐고. 그 말을 들으니 신기하게 생각이 났어요. 이름은 가물가물한데 같은 반 친구였어요. 담임이랑 몇몇 동기들 이름이 나오고. 그 친구가 원무과장이었어요. 병원비를 보험한도액 내로 맞춰보겠다고 하더군요. 어머, 잘됐네요. 간병인이 말했다. 나는 사기꾼의 자식이 맞나 보다. 언제 그 친구에게 인사 한번 해야지요. 그럼요, 그래야지요. 간병인이 맞장구쳤다.

대교를 벗어나자 도로가 한가하다. 퇴근 시간에는 곧잘 막히는 구간이라 차량이 몰리기 전에 움직였다. 한 이백은 깎은 거 같아요. 좌회전 신호를 받으며 무심한 척 흘렸다. 잘됐네요. 할머니도 기뻐하실 거예요. 간병인이 웃었고, 피조개 같은 잇몸이 드러났다. 붉은 피가 흐르는 것 같은 잇몸은, 잇몸이 아니라 숨겨놓은 환부나 상처 같았다.

내가 병원비를 깎았다는 정보는 박씨 처와 아이들 할머니에게도 들어갈 것이다. 간병인이 잠든 아이를 추슬렀다. 차는 대교를 벗어나 시내로 접어들었다. 퇴근 차량이 몰려나오기 전에 식당에 도착할 수 있을 것이다. 박씨에게 얼마를 우려낼까.

손은 어쩌다…… 운전을 해도 괜찮은가요?

머리를 굴리는데 간병인이 물었다. 이까짓 거야 뭐. 느닷없는 물음에 나는 약간 당황하여 얼버무렸다.

간병인과 아이를 식당에 내려놓고 집으로 가 어머니와 현서를 싣고 왔다. 정수네 이모예요. 아이 간호하러 오셨답니다. 내 소개에 어머니는 눈에 생기를 띠며 여자를 살폈다. 간병인은 노인이 흡반 같은 눈길로 자신을 스캔하자 무표정한 얼굴이 되었다.

박씨가 아내와 두 아들과 함께 식당에 들어섰다. 외식을 한답시고 사복을 입은 박씨네 일가족은 병원에서와는 달리 보였다. 누렇게 뜬 얼굴로 후들거리는 환자복을 입고 복도를 뛰어다니던 아들과 별 볼품없던 박씨의 아내도 딴사람 같았다. 청록색 나이키 티셔츠에 청바지를 입고 야구 모자를 쓴 박씨의 와이프는 아이 엄마 같지가 않았다. 식당이 그들 가족으로 가득 찼다. 다른 테이블에서 고기를 굽던 손님들도 한 세트임이 역력해 보이는 박씨네 가족을 돌아보았다. 대책 없이 아이를 세 명씩이나 싸지른 박씨도 제법 산뜻해 보였다. 젊음이 좋긴 좋았다. 나는 젊음이 괴롭기만 했는데.

이모. 둘째 아들 정수가 제 어미 손을 놓고 간병인에게 달려가 안겼다. 현서가 쭈뼛거리며 그 모습을 지켜보았다.

어이쿠, 어머니 늦어서 죄송합니다. 박씨가 능청을 떨며 어머니 맞은편에 앉았다. 안쪽 테이블에 어머니와 내가, 맞은편에 박씨 가족이 앉았다. 언니, 일찍 왔네, 박씨 와이프가 간병인에게 알은척했다.

이분이 운전을 잘하셔서. 길도 안 막히고.

간병인이 현서에게 웃어주었다. 정수 옆에서 눈치를 보던 딸아이가 여자에게 다가가 찰싹 붙었다. 어머니가 그런 현서를 흘겨본 후, 박씨 내외를 맞았다. 정말 고생했구려. 그만하길 천만다행이야.

종업원이 불판 위에 고기를 올리고 소주와 밑반찬을 늘어놓았다. 박씨네는 십 인분, 우리 테이블엔 오 인분의 고기가 들어왔다. 박씨가 어머니와 내게 소주를 따랐다. 불판의 고기가 지글거렸다.

이번에 조장님 도움이 컸습니다. 조장님이 정말 대단하시더라고요.

박씨 처와 간병인이 집게로 고기를 뒤집으며 고개를 끄덕였다.

간병인의 무릎에 앉아 있던 현서가 일어나 여자의 귀에 소곤거린다. 딸아이의 입김이 간지러운지 여자가 한쪽 어깨를 들썩거렸다. 와중에 간병인의 잇몸이 드러났고, 어머니의 눈이 휘둥그레졌다. 아이스크림…… 현서의 어리광 소리가 새 나왔다. 간병인에게 아이가 아이스크림을 먹고 싶다고 조르는 모양이다. 밥 다 먹고 사러 가자. 지금 먹으면 밥 못 먹잖아. 간병인이 달랬다. 싫어요. 밥 안먹을 거야. 아이스크림. 아이가 고집을 부렸다. 어머니가 버럭 소리를 질렀다. 현서야. 이리 안 오나. 간사한 것! 벌써부터 낯선 사람에게 착 달라붙어서는! 칠순 노인이 세게 호통쳤다.

아이가 입술을 삐죽거리며 되레 간병인의 품으로 파고든다. 여자는 어머니의 히스테리를 못 들은 척, 현서를 품에

안았다.

아이고, 저게 저러니 남들이 시에미가 별나서 며느리를 쫓아냈다 안 하겠나.

어머니가 어이가 없다는 듯 한탄했다. 별말씀을요. 박 씨가 나섰다. 어무이 요즘 여자들, 남편도 겁을 안 냅니다. 그러니 누가 시어머니 눈치를 보겠습니까. 박씨가 어머니에게 소주를 권한다. 아무도 그런 생각 안 합니다. 어무이 혼자 생각인기라요. 어머니가 천불이 나는 듯 소주를 훌쩍 들이켠다. 아내가 집을 나간 게 어머니 탓일까. 철새가 때가 되면 떠나듯 나간 건 아닐까. 오히려 어머니가 있어 그 여자는 홀가분하게 집을 나갈 수 있었는지도 모른다.

박씨의 와이프는 어머니와 남편이 뭐라건 관심이 없다. 아들들과 부지런히 돼지갈비를 뜯는다. 아이들의 식욕은 왕성해 고기 십 인분은 어느새 바닥이다. 박씨가 추가 주문을 넣는다. 우리 테이블에는 아직 고기가 남았다. 간병인도 별로 고기를 먹지 않는다. 여자가 집게로 익은 고기를 뒤집자 빨간 숯불이 날름거리며 일어난다. 무엇이건 숨통을 틔워줘야 고개를 치켜드는 법이다. 냉면 먹을래요? 간병인에게 물었다. 아니오. 간병인이 고개를 저었다. 어머니는 이빨이 시원찮아 냉면을 못 드신다. 이 집 냉면이 맛있어요. 고기 먹고 나면 입가심을 해야지요. 인사치레로 나는 한 번 더 권한다. 배가 불러서요. 간병인이 사양하며 익은 고기를 불판의 가장자리로 옮겨놓는다. 어머니가 술기 오른 눈으로 여자를 집요하게 지켜본다.

이제 집으로 돌아가시겠네요?

내 말이 의외였을까. 아, 네. 간병인이 붉은 잇몸을 살짝 드러내며 대답한다. 여자는 방심하면 붉은 잇몸이 드러났고, 어머니는 기가 질린 얼굴이다. 어디라고 하셨죠? 고향이? 어머니의 눈길이 민망하여 나는 한 발 들이민다. 그 동네 한번 놀러 가고 싶어서요. 설마 내가 가면 모른 척하지 않겠지요? 노골적으로 대시한다. 간병인이 대답을 망설인다. 어머니가 눈을 빛내며 지켜보고, 간병인은 가면을 쓴 듯 무표정이다. 사회적인 독신자. 사제나 승려 같은. 여자에겐 붉은 잇몸이 감옥이 되고 보호색이 되었을 수도 있겠다.

나는 소주 한 잔을 들이켠다. 차를 어쩌려고! 어머니가 날카롭게 질타한다. 엄니이. 박씨가 막아선다. 고기를 가위로 잘라 어머니의 접시에 올리며, 콜 부르면 됩니다. 우리 조장님이 어떤 분인데. 대리운전도 있고요오. 그는 취했다.

간병인은 잠깐 사이, 땡볕에 탈색된 면직물처럼 지쳐 보인다. 갑자기 취기가 오른다. 하얗게 지친 여자의 혈색을 되찾아주고 싶다. 피조개의 생살을 씹고 싶다. 오래 섹스에 굶주리긴 했다. 부러진 손가락을 덜렁거리며 뼈가 튀어나올 때까지 여자와 섹스를 하고 싶다. 바스라질 것처럼 건조한 여자를 내 속에 우겨넣고 싶다

어머니의 잔 비우는 속도가 빨라지고, 그 틈을 이용해 현서가 간병인에게 다시 칭얼거린다. 아이스크림. 나는 아이를 떼어 밖으로 데리고 나온다.

현서는 한참을 뒤적이더니 죠스바 두 개를 고른다. 왜 두 갠데? 아줌마 꺼. 정수 형제는? 아이가 다시 몸을 기울여 세 개를 추가로 집어든다. 할머니는? 할머니 아이스크림 안 먹어. 계산을 치르고 아이와 식당으로 돌아간다. 밤공기를 마셔도 취기는 쉬이 가시지 않는다. 현서, 아줌마 좋나? 응. 아이는 아이스크림을 빨면서 대답한다. 와좋은데? 아줌마는 할머니처럼 때리지 않고 야단도 안 쳐. 야단 안 하는 사람은 아무나 좋나? 응. 그럼 아줌마랑 같

이 살래? 응. 아이는 주저 없이 고개를 끄덕인다. 아줌마 잇몸, 안 무섭나? 아니, 예뻐. 예쁘다고? 그러고 보니 대답하는 아이의 입속도 빨갛다. 아이스크림에 무슨 색소가 들었나. 아줌마도 나중에 현서 때리면? 나는 깁스한 손을 바지 속에서 슬그머니 꺼낸다. 그럼 아빠한테 가지. 내 손가락의 깁스 따윈 안중에 없는 아이가 빨간 혓바닥을 날름거린다.

방랑하는 뱃사람

등대가 보이지 않는다. 이제쯤 나타날 때가 되었는데. 광달거리 15마일의 등대는 분명 해도에 표시되어 있었다. 강은 눈을 슴벅이며 브리지의 프런트 글라스를 헤집었다. 안개는 더 짙어져서 브리지 창이 온통 뿌옇다. 안개의 두께는 일정하지 않아 등대 불빛이 희미하게라도 스몄을 부분을 찾아 면밀히 살펴도 빛의 기미는 보이지 않는다. 등대원은 오늘도 나선형의 긴 계단을 올라 등댓불을 밝혔을 것이다. 등광기는 회색 지옥에서 헤매는 배들을 구하려고 지금도 어디선가 부리부리한 눈을 번득이고 있을 것이다. 조타수의 객기에 휩쓸리지 말아야 했다. 28년 된 낡은 배에 멀쩡한 기기라곤 인마샛(INMARSAT)* 정도다. 위성

항법장치인 인마샛으로 육지와 교신은 주고받을 수 있지만 문제는 레이더였다. 레이더는 날씨만 나빠지면 날궂이를 하는 노인처럼 기능이 떨어졌다. 회사는 그러건 말건 고물 배를 동남아로 내보냈다. 바다에 떠다니는 배 중 칠십 퍼센트 이상이 폐기 처분 대상이라고 신문에서 떠들어도 소용없었다.

세월호 사건 이후 나이 많은 선원을 기피하자, 중앙동 바닥엔 똥배라도 타려는 선원이 득실거렸다. 안 그래도 외국인 선원 때문에 일자리를 잃은 뱃사람이 득실거리니 회사는 노후선까지 대양으로 내몰았다.

똥배도 감지덕지하는 늙은 선원, 강도 그중 한 사람이다. 이래저래 바다에서 연륜이 쌓일수록 강은 질기고 독해지는 것 같다. 자신이 죽으면 한 움큼의 독이 나오리라. 등대를 찾아 이리 속을 태우니 이게 간에 독이 아니고 무엇이랴. 하긴 투구게는 독이 귀한 대접을 받는다. 투구게의 진귀한 푸른 피는 해독제의 주요 성분이라 했다. 4억여 년 전부터 살아남은 투구게의 생존력은 귀한 대접을

* 국제 이동통신 위성기구.

받지만 늙은 뱃사람의 몸에서 나온 독은 쓰레기, 불순물일 뿐이다. 조타수가 윙브리지에서 조망을 하고 있다. 조타수는 강과 여러모로 달랐다. 세대차이인지 그는 이런 안개 속에서 독을 피우지 않는다. 안개가 바다 위를 걸어올 때도 조타수는 그저 신기해했다. 저거 보세요, 저거. 안개가 막 걸어와요. 처음 본 볼거리에 소리까지 질렀다. 정말 안개는 성큼성큼 걸어왔다. 가릴 것 없이 트인 바다에서 행진하는 군대처럼 다가오는 안개를 보자 강은 머리끝이 저릿했다. 저건 또 뭐야. 이번엔 무슨 말썽을 부릴까. 강의 내면에 눌려 있던 두려움이 눈을 치떴다.

오키나와 군도가 막아선 바다는 잔잔했다. 수평선은 부분적으로 안개에 지워져 평원 같았다. 안개는 그런 바다를 서두르는 기색 없이 걸어왔다. 육지의 안개는 바람처럼 왔다가 연기처럼 흩어지곤 해서 안개가 끼었다는 사실조차 기억하지 못하기도 했는데 바다에서는 그렇지 않았다. 소리 없이 나타나 배와 선원을 짓누르곤 했다. 형체가 없고 발이 없으니 맞붙어 싸우거나 사로잡을 수도 없었다. 분명 눈에 보이지만 손가락 사이로 흘러나가는 골칫덩어리였다. 분명히 해를 끼치고 눈앞에 보이지만, 실물을 잡을 수 없으니 그 어떤 상대보다 껄끄러운 적이었다. 폭풍이나 표류, 혹한이나 혹서는 대응 방안이라도 세울 수 있다. 하지만 안개는 예측할 수가 없어서 속수무책, 바람이 안개를 날려주기만 기다리곤 했다. 아니면 신께 빌며 운에 매달리거나.

우리 달릴까요?

조타수가 강에게 물었다. 뭐? 강은 아들뻘인 조타수 앞에서 태연한 척하느라 그의 말을 얼른 알아듣지 못했다. 달리자고요! 저놈이 걸어오니 우리가 달려서 앞서가면 되잖아요! 빨리 달려 안개를 따돌리자는 것이었다. 맹랑한 생각이었다. 하긴 태풍이 오면 피항을 하긴 했다. 기상도를 체크하여 태풍의 진로를 피해 죽어라 달리는 거였다. 그런 식으로 안개를 피하자는 거였다. 그런데 기껏 달아났는데 안개가 배보다 빠르면? 혹은 달려간 곳에 또 다른 안개가 기다리고 있으면? 조타수는 아들보다 두 살 많다. 인터넷이나 영어는 강보다 능하지만 바다 일에는 애송이다.

그는 강의 눈치를 보지도 않았다. 강은 배를 탄 이후, 층층시하 윗사람의 눈치를 보고 살아왔다. 조타수는 상관인 강에게 황당한 말이나 행동도 스스럼없이 했다. 사람이 가벼운 건지 세상 물정을 몰라서인지 알 수가 없다.

안개를 따돌리자는 조타수의 말이 황당했지만 강은 배의 속력을 높였다. 조타기를 정침(定針) 코스에 맞추고 11노트에서 12노트, 14, 15노트까지 올렸다. 암초가 많은 구로시오 해류가 흐르는 지역이 지척이라 그전에 안개를 떨쳐야 했다. 스물여덟 살인 늙은 배는 앓는 소리를 내며 몸을 떨었다. 다행히 파도가 거칠지 않았고 성큼성큼 다가오던 안개도 배의 옆구리를 넘지 않았다. 선장이 금방이라도 들어와, 뭐 하는 거냐고 불호령을 날릴 것 같았다. 조타수만 태연했다. 둔감한 건지 담력이 센 건지 속을 모르기는 아들도 마찬가지다.

언제까지 이럴 거냐?

다그치면 아들은 자기도 모른다고 했다. 대학을 졸업하자 아들은 에너지 관련 중공업에 취직했다. 강은 어깨를 폈고 뱃일을 곧 그만둘 거라고 주변에 떠들고 다녔다. 파도 밭에서 소금에 절어 번 돈으로 서울의 사립대에 아들을 공부시킨 보람이 이제 나타났다고 강은 믿었다. 아들은 적어도 자신처럼 살지 않을 것이다. 살기 위해 독을 피우지도 않을 것이다. 피는 맑고 깨끗할 것이고, 투명한 살갗을 가진 손주도 곧 보게 되리라 기대했다. 그런데 아들은 입사 삼 년 만에 집으로 돌아왔다. 권고사직을 당했다고 했다. 회사가 부당한 짓을 저질렀고 시정을 요구했다가 잘렸다는 거였다. 아들은 소송을 걸었다. 부당해고보다 회사의 원전 설계와 부실시공이 심각하고 국민의 안전이 큰일이라고 했다.

아들은 거대 권력, 일명 원전 마피아에게 선전포고를 하고 자료 더미에 파묻혔다. 아들은 폐인이 된 것 같았다. 밤낮이 바뀌고 말수가 줄고 며칠씩 집을 비우기도 했다. 무모한 싸움이다, 사회 경력을 더 쌓고 힘을 키워서 대항하라. 강이 충고해도 소용없었다. 미룰 수 없는 일이고 당장 해야 한다고 아들은 반발했다.

사회 초년생인 아들이 어떻게 거대 권력을 감당할 것인가. 강의 걱정은 부메랑처럼 돌아왔다. 왜 해보지도 않고 겁을 먹어요! 아들은 강에게 따지고 들었다. 어이가 없고 서운했는데 더 괘씸한 것은 아내였다. 집사람마저 녀석을 싸고도는 것이었다. 그렇게 시작된 일이 사 년째이고 강은 여지껏 바다를 떠돌고 있다. 아들이 회사와 관련 기관을 상대로 검찰과 법원을 오가며 소송을 벌이는 동안, 강은 노후선이라도 타려고 해운회사를 기웃거렸고 인맥을 찾아 중앙동 거리를 헤집고 다녔다. 그럴 때면 저 하고 싶은 대로 하고 사는 아들 녀석이 미웠다. 나도 힘들어요. 나도 죽을 맛입니다. 아들이 하소연을 하거나 통사정이라도 했으면 불쌍하기라도 했을 것이다. 녀석은 늙어가는 아비를 찬바람 부는 바다로 내몰고도 미안해하기는커녕 자존심만 내세웠다. 아들이 아니라 전생의 빚쟁이 아니면 원수였다.

안개는 배의 좌현과 우현을 들락거렸고 15노트의 속력에 늙은 배는 전신을 떨었다. 그런데 이상했다. 불안한 가운데에 묘한 시원함이 강을 스쳤다. 안개와 한바탕 달리기를 해서일까. 아직 배는 안개를 벗어나지 못했다. 강은 안개를 벗어나기보다 중심부로 뛰어든다는 심정으로 달렸다. 자근자근 다가와 사람을 저미는 불안보다 이판사판으로 달려들어 결판을 내는 게 강의 스타일이다. 지금 당장 할 겁니다. 왜 미루어야 합니까. 아들은 눈을 빛내며 강에게 대들었다. 다음에 한다는 사람치고 해내는 사람 없더라고요! 오래 별러왔던 것처럼 적의까지 품은 말투였다.

그렇기는 했다. 강은 많은 걸 미루며 살아왔다. 배를 타기 위해 가족이 한집에 사는 단란함을 미루었고, 하나뿐인 아들이 커가는 모습을 지켜보지도 못했다. 아내나 아들이 아프거나 힘들 때 옆에 있지 못했고, 부자간의 취미 생활이나 운동 하나 같이한 것이 없었다. 아들의 고민이나 속내를 들어줄 여유도 없이 살아왔다.

한 항차를 마치고 집에 가면 가족 나들이를 가고, 친구를 만나 옛정을 잇고, 낚시나 등산을 다녀오기도 했다. 하지만 그 모든 노력은 다음 승선까지의 땜빵으로 취급되곤 했다. 억울했다. 하지만 강은 그럴 때마다 여생을 상상했다. 나이 들어 항해를 마치면 쭉정이였던 육지의 삶을 채우리라. 그는 바다에서 키운 맷집을 믿었다. 강에게 육지는 바다에 비해 어딘지 물렁하게 보였다. 바다에서 얻은 저력과 척력으로 온실 같은 육지에서 제2의 인생을 펼칠 자신이 있었다. 그런 상상만으로도 몸속의 독기가 사그라드는 것 같았다. 피도 맑고 순해질 것이다. 그랬는데 아들이 집으로 돌아온 지 사 년이 지나도 끝이 보이지 않는다. 겨우 안개를 뚫고 집으로 돌아가도, 강은 항해의 피로가 풀리기 전에 다시 새로운 일자리를 찾아 나서야 할지도 몰랐다.

이기적인 놈. 강이 내뱉었다. 다행히 브리지에는 강 외에 아무도 없었다. 조타수는 윙브리지에서 등대를 찾고 있을 것이다. 나쁜 놈. 강은 소리쳤다. 누구는 미루고 싶어서 미루는 줄 아느냐. 미룰 수밖에 없으니 미루는 거지. 내가 가장 노릇을 미루면 가족의 생계는 어찌 되나. 네놈이 쓰는 차비, 소송비용은 누가 벌어 오냐. 너 때문에 이 아비가 안개 밭에서 독을 피우며 떠도는 거지. 나는 꿈이 없고, 정의를 몰라서 파도 밭에서 헤매는 줄 아느냐. 부르르르. 낡은 엔진이 강을 대신하여 진저리를 쳤다. 그러고보니 아들이 안개였다. 내 인생의 안개, 떨쳐버리고 벗어버리고 싶은 안개가 바로 너구나. 강은 프런트 글라스 앞에 버틴 안개를 향해 으르렁거렸다.

와, 우리가 이겼어요.

윙브리지에서 조타수가 팔을 흔들었다. 강은 정신을 차렸다. 안개를 따돌리자는 조타수의 말을 황당하다 여기면서도 달렸다. 조타기를 정침 코스에 맞추고 11노트에서 12노트, 14, 15노트까지 올려 배가 앓는 소리를 내어도 모른 척했다. 강은 얼른 윙브리지로 나가 사방을 둘러보았다. 정말 안개가 사라졌나.

수평선이 어둑하게 눈에 들어오고 컨테이너선 한 척이 멀리서 지나가고 있다. 거뭇해서 배의 색깔은 분별할 수 없지만 위쪽은 빨갛고 흘수선 아래는 까만 것이 머스크사의 대형선 같다. 안개를 따돌렸다아. 조타수가 호들갑을 떨었고 강은 이마의 땀을 닦았다. 어깨와 등줄기가 뻣뻣했다. 강은 브리지로 돌아와 배의 속력을 늦추고 고개를 좌우로 돌린 후, 팔을 휘둘러 어깨 근육을 풀었다. 14노트에서 13, 12, 11로 속력을 늦추자 헉헉거리던 배가 제 숨을 찾았다.

이제 암초가 많은 구로시오 해류 근처다. 신경이 곤두서는데 웃음이 나왔다. 강은 어둑한 브리지 안에서 혼자 웃었다. 야간 항해라 선교의 불을 끈 상태였다. 바깥의 사물을 잘 보기 위해 영화관에서 객석의 불을 끄는 것과 같은 이치였다. 아들이 조금 전의 자신을 보았으면 어땠을까. 낡은 배로 안개와 경주한 자신을 아들이 보았으면 했다. 한동안 강은 입꼬리를 올린 채 배를 몰았다. 얼마나 달렸을까. 어디선가 희붐한 게 다가왔다. 희붐한 것은 선수 바닥에 낮게 깔리더니 뭉글거리며 퍼져나갔다. 안개였다. 선수 창고와 마스트, 크레인을 휘감고 앞바다로 몰려나가는 놈을 강은 숨을 죽이고 지켜보았다. 아까의 안개가 따라온 것인지 새로운 안개의 등장인지 알 수 없었다.

안개는 바다를 넓게 포섭하더니, 프런트 글라스 앞에도 한 무더기 떨어져 내렸다. 확 퍼지는 안개 덩이에 강은 심장이 덜컹, 내려앉았다. 결국 이렇게 될 것을. 기쁨은 잠깐이고 결과는 참담한 것. 조타수의 부추김에 아이처럼 넘어가다니. 찬기운이 선득하더니 브리지 문이 열리고 조타수가 들어온다. 으으. 그는 비라도 맞은 것처럼 어깨를 떨었다. 쌍안경을 내려놓고 타월을 집어 물기로 번들거리는 얼굴과 머리칼을 닦는다. 고생했네. 선수는 어때? 강이 안쓰러움을 누르고 물었다. 조타수는 선수에서 견시를 보고 있을 갑판원을 체크했을까. 어유, 선수도 뭐, 암막 커튼이지요. 등대가 있어도 못 알아볼 지경이고요. 조타수는 갑판원의 견시 확인보다 자신의 수고를 먼저 털어놓는다. 그래도 밉지 않다. 이 안개 속에서 같이 근무하는 것만으로도 고맙다. 설사 갑판원이 근무를 태만히 하고 구석에 처박혀 딴짓을 한들 알 수가 없다. 그저 제자리를 지켜준 것만으로 다행이다. 갑판원이 죽겠다고 엄살을 떨기에 나중에 소주 한잔 사겠다고 했어요. 조타수가 허세를 부린다.

선수 갑판의 마스트와 크레인이 안개 속에서 희끗거

리고, 하늘과 바다는 몸을 섞었다. 천지 없이 한 덩어리인 시계는 조타수 말처럼 몇 마일 앞에 등대가 있어도 분간하기 어려울 정도다. 강은 조타수에게 프런트 글라스를 맡기고 해도실로 들어가 해도를 살핀다. 암초 밭에 이르기 전에 등대를 찾아 회색 지옥을 벗어나야 한다. 등대를 해도에서 다시 한번 확인한 후 레이더를 살펴본다. 고물 레이더는 날씨만 흐려지면 저 먼저 흐물거린다. 어째서 등대가 나타나지 않을까. 혹시 우리 배는 커다란 원을 그리며 일정한 구역을 맴돌고 있는 게 아닐까. 배 안의 기기는 전부 낡아서 위치 확인조차 의심스럽다. 배는 한 덩어리 안개에 갇혀 빙빙 돌고, 선원들은 안달하다 서서히 지치고 미쳐간다. 배에서 멀쩡한 기기라곤 인마샛뿐이고, 이따금 날아오는 육지의 교신도 희망적인 게 없으니. 원전 마피아와 전쟁을 벌이는 아들의 메일처럼. 아니야. 강은 머리를 휘저어 마음을 다잡는다. 어디 쉬운 바다가 있었던가. 강은 레이더의 배율을 6에서 12로 올린다. 세상에 만만한 바다는 없다. 모니터에 노란 휘선이 흔들리더니 시커멓게 죽어버린다. 제기랄!

명선장은 위기에 태어난다 했다. 명선장이 되는 법은

의외로 간단했다. 상황을 이성적으로 판단하고 기계적으로 대응할 것. 그러니까 인간을 버리고 로봇이 되라는 것이다. 감정을 제거하는 게 관건이다. 강은 감정을 걷어내고 8마일로 배율을 신중하게 조정한다. 모니터에 가루를 뿌린 것 같은 노란 점들이 하나둘 다시 돋아난다. 저 점들 중 하나가 등대일 것이다. 하지만 저 정도로 등대를 가려낼 수는 없다. 암초 지대로 들어서기 전에 등대를 찾아야 한다. 불가능하다. 아들이 스쳐 간다. 감시하고 조롱하는 것 같은 눈으로 강을 주시한다. 쾅! 강은 자신도 모르게 주먹으로 기계를 내리친다. 누구나 명선장이 될 수는 없다. 도저히 방법이 없을 때 강은 문제에서 떠나곤 했다. 지금까지의 상황 버리기. 어릴 때 어른들이 그랬다. 라디오가 먹통이 되면 자신보다 큰 배터리를 업은 고물 라디오를 사정없이 내려쳤다. 그러면 몇 대 맞은 라디오가 신기하게 다시 방송을 내보내곤 했다. 옆에 있던 조타수가 움칠하더니 윙브리지로 도망갔다. 기다렸다는 듯 안개가 열린 문으로 스며든다. 한 대 맞은 레이더는 허연 휘선을 지지직거리더니 완전히 아웃되어버린다.

무적(霧笛)을 울린다. 앞이 보이지 않으니 소리로 길을 찾아야 한다. 오리무중이다. 모든 소리는 구멍에서 난다. 꽉 막힌 곳에선 소리가 만들어지지 않는 법. 늙은 배는 피리나 사람처럼 구멍이 있다. 바람이 관악기 같은 구멍을 지나며 웃음이나 비명, 울음, 노래를 내놓는다. 부우우웅. 배는 안개피리(霧笛)가 된다. 등대여, 너를 찾을 수 없으니 네가 나를 찾아다오. 세상의 배는 나를 피해 가시오. 나와 부딪히지 말아주오. 무적이 길게 부르짖는다.

검은 하늘엔 별이 보이지 않고 새도 날지 않는다. 등대가 가까우면 새가 많은 법. 세상과 멀리 떨어진 등대 주변은 호젓하여 새들이 살기 좋은 서식지가 되는데 안개가 벽을 치니 새들도 집으로 피신한 모양이다. 추측항해를 한다. 뚜우우—웅. 무적음이 바다로 퍼져나간다. 물이 가루가 되어 몰려다닌다. 물이 몸을 바꾸면 대기엔 공포가 퍼진다. 안개만 벽이 아니다. 뱃사람을 받아주지 않는 모든 것이 벽이다. 늙은 선원을 피하는 회사가 벽이고, 아들과 아들만 싸고도는 아내도 벽이고, 중앙동 바닥을 헤매고 다니는 자신 또한 벽이다. 별도 없고 새조차 날지 않는 이 바다, 이 하늘만 벗어나자. 제발 이 해역만. 강은 이를 사리문다.

윙브리지로 도망갔던 조타수가 돌아온다. 꽤 추운지 두 손으로 얼굴을 문지르고 있다. 어때? 등대는 안 보이지? 강은 물으려다 참고 대신 무적을 울린다. 뿌우웅. 깊고 길게 배가 운다. 수리에 수리를 거듭하고 페인트를 덧칠하고, 국적과 주인을 바꿔온 늙은 배의 울음은 어웅하고 묵직하다. 나 여기 있소. 늙은 내가 안개 속에서 떠돌고 있다오. 나를 잊지 마오. 늙은 배의 하소연이 안개 사이로 퍼져나간다. 얼굴을 문지르던 조타수가 슬그머니 동작을 멈춘다. 애국가가 나오면 조신해지는 보행자처럼 무적 소리에 감응하는 그다. 소리의 꼬리가 사라질 즈음에야 가만있던 조타수가 머리칼을 쓸어 올린다. 그 모습이 왠지 쓸쓸해 보인다. 트링코말리에서는 까마귀처럼 활기차던 조타수였다.

안개는 안 찍어? 번개 맞을 일도 없는데?

강이 조타수를 건드려본다. '기계처럼 감정이입 없이' 는 본인에게만 적용시킬 일이다. 무중항해 때 유리처럼 예민해지는 사람도 있다. 그런 사람을 기계 취급했다가 무슨 낭패를 당할지 모른다. 조타수는 트링코말리에서 번개를 찍겠다고 덤볐다. 삼 년 전, 발리에서 낙뢰가 떨어지는 걸 핸드폰으로 촬영하던 조리장이 즉사했다. 스리랑카의 트링코말리는 비의 항구다. 하루에 한 번은 비가 왔는데 스콜이라고 하기에는 사이즈가 컸다. 번개나 천둥이 따라와 전자기기 사용이 꺼려질 정도였다. 번개가 치면 전자제품이 피뢰침이 되는 수가 있다. 낙뢰가 떨어지는데 노트북을 사용하다 망가뜨린 사관이 있고, 브리지의 전자기기가 손상되기도 했다.

트링코에서는 대기를 잘게 나누며 비가 쏟아졌다. 항구의 오전은 뜨거웠는데 오후가 되면서 회색 구름이 밀려왔다. 구름은 쨍한 하늘의 한쪽에 떠 있다가 서서히 세를 불리며 우리 배 쪽으로 다가와서는 한바탕 비를 뿌렸다. 커다란 물빗자루로 쓸듯이 지나가는 비는 장관이었다. 번개는 하늘이 울고 간, 십여 초 후에 왔다. 우르르 우르르. 대기가 흔들리면 바람이 없어도 나뭇가지가 출렁였고 육지의 무성한 나뭇잎 사이에선 까마귀가 날아올랐다. 새들이 대기 속으로 사라지면 섬광이 번쩍이면서 허공을 찢고 번개가 떨어졌다.

강은 여느 때처럼 하늘이 우는 소리를 듣고 화물의 고

박 상태를 점검하고 있었다. 나뭇가지에서 날아오른 까마귀들이 귀가하는 가장 같았다. 새들이 해면을 낮게 날아 흩어지는 모습은 뭉클했다. 아마 태초에 지구의 주인은 새들이었을 것 같다. 태초의 새들도 가장의 책무를 지고 살았을까.

강은 때로 감상적이 되었다. 항해나 일과에 도움도 되지 않는 감상은 되도록 잘라버리는 그였다. 명선장처럼 이성으로 사고하려 노력했다. 그럼에도 어느 순간 머릿속이 텅 비면서 감상적이 되곤 했다. 그런 때면 낯선 바다를 떠도는 스트레스가 녹아내리곤 했다. 그러다 조타수를 보았던 것이다. 선수 갑판에 선 조타수가 하늘을 향해 손을 쳐들고 있었다. 이쪽 항로는 처음인 그가 비 구경을 하는가 생각했다. 거대한 비의 빗자루가 갑판을 쓸고 가는 모습은 트링코에서만 볼 수 있는 장관이었으니까. 하지만 조타수는 공중에 핸드폰을 쳐들고 있었다. 먼 하늘에서는 대기가 그렁그렁 울렸다. 하늘 전체가 진동했다. 아뿔싸. 강이 얼른 뛰어가 그의 핸드폰을 빼앗아 패대기쳤다. 왜요! 와 이랍니까! 조타수는 강의 아들처럼 거세게 반발했다. 정신 차려, 인마. 강이 맞받았다. 뒈지고 싶어! 배 타는 놈이 그것도 몰라! 발리에서 조리장이 번개 찍다 즉사

했단 말이야! 한바탕 호통을 듣고야 조타수는 성질을 죽였다. 그사이에 다시 번개가 번쩍거렸고 강과 조타수는 스콜 세례를 한바탕 받았다.

조타수는 그때 번개 치는 모습을 동영상에 담으려 했단다. 번개가 치고 몇 초 후에 하늘이 우는지도 궁금했고.

안개는 왜 안 찍냐? 번개 맞을 일도 없는데. 강의 말에 조타수도 트링코가 기억난 듯 머리를 긁적인다. 그때 미안했습니다. 인사를 듣고자 꺼낸 얘기는 아니었다.

부친은 무슨 일을 하시나?

그때 강은 물었다. 당직을 같이 서는 조타수의 생활을 너무 모른다는 생각이 들어서였다. 아버지는…… 안 계십니다. 잠깐 망설이더니 조타수가 짧게 대답했다. 괜한 걸 물은 것 같았다. 철들어보니 엄마만 있습디다. 어릴 땐 다 그런 줄 알았어요. 세상엔 엄마만 있는 건 줄요. 어조가 싸늘했다. 그도 사연 많은 유년기를 보냈구나. 세상엔 엄마만 있는 줄 알았다니. 조타수의 차가운 어조에 괜히 강의 마음이 아렸다. 언젠가 한 항차를 마치고 집으로 돌아갔더니 아들 녀석이 쭈뼛거리며 그를 피했다. 초등학교 입학할 무렵이었다. 열 달이나 이 년에 한 번 집에 가면 아들은 콩나물처럼 자라 있었다. 녀석은 강을 반기지 않았다. 오랜만에 만나는 아빠를 서먹해하거나 피했다. 장난감을 사주고 놀이공원에 데려가도 별로 소용이 없었다. 강도 서운했다. 딸이라도 하나 더 낳을까 갈등도 했다. 하지만 아내가 반대했다. 그런 어느 날, 샤워를 하고 나오니 베란다에서 어떤 소리가 들려왔다. 어린 아들이었다.

배야 배야. 우리 아빠 좀 데려가라.

아들이 베란다 밖을 향해 소리치고 있었다. 베란다에서는 남항이 보였고 고등어 등처럼 시퍼런 바다는 배들의 묘박지였다. 강은 충격을 받았다. 저녁 준비를 하던 아내가 달려와 아들을 나무랐다. 싫어, 싫어. 아들은 베란다 난간에 매달리며 고집을 부렸다. 아빠 즈그 집에 가라고 해. 아빠 배에 가라고 하라고! 아내가 당황하며 앞치마로 아이의 입을 막았다. 아들은 작은 주먹으로 아내의 앞치마를 두들기며 반항했다. 강은 마음이 아팠고 상처가 되었다.

내 같은 아버지가 있으면 뭐 하겠노. 빈말이 아니었다. 자괴심이 들어서 강은 호주머니에 손을 넣어 담배를 찾았다. 꽁초 하나 잡히지 않았다. 세상엔 엄마만 있는 줄 알았다는 조타수의 말이, 끊은 지 일 년쯤 되는 담배를 생각나게 했다. 좋지 않은 기억은 이상하게 오래가고, 마음이 허랑하면 나쁜 버릇이 되살아났다.

별말씀을. 있으나 마나 한 아버지가 어딨어요. 조타수
가 내쏘았다. 나쁜 아비는 많아도, 있으나 마나 한 아버지
는 없다고요. 뱃고동 소리만 들으면 마음이 심란해져요.
아버지가 생각나서요. 등대는 어머니 같고 무적음은 아버
지 같더라고요. 볼 수 없고 만질 수 없으니까요. 배가 어
디 가 있는지 알려주고 방향을 잡아주긴 하지만. 조타수
가 무뚝뚝하게 내뱉었다.

그렇긴 하다. 뱃고동은 등대의 불빛보다 멀리 가고 넓
게 퍼져서 배가 어디에 있는지 알려준다. 아버지가 없어
봐야 그런 걸 알지…… 그가 이죽거렸다.

나쁜 아비는 있어도 있으나 마나 한 아비는 없다고? 아
들도 그럴까. 녀석도 내가 필요했을까. 강이 집에 오지 않
으면 좋겠다고, 배로 가라고 소리치던 아들은 커서도 살
갑지 않았다. 자석의 같은 극처럼 아들은 강을 밀어냈다.
하기야 그게 동물의 본능인지도 모른다. 동물은 성체가
되면 부모에게서 독립하여 자신의 영역을 구축한다. 다른
수컷의 파워에 대항하는 건 바닷속 생물도 마찬가지다.

천둥은 하늘이 번쩍이고 8초, 어떤 때는 13초 정도 지
나야 울던데요. 조타수가 느닷없이 천둥번개 얘기다. 그

렇다. 하늘도 우는 데 시간이 걸린다. 모든 일이 그러리라. 이루어지기까지 빈틈없는 공력이 들어가야 하리라.

내가 트링코에서 번개 맞아 즉사할 뻔했을 때…… 조타수가 문득 말을 멈춘다. 아버지가 생각났어요. 강은 호주머니를 뒤지던 손을 멈추었다. 조타수의 어깨가 움직이지 않았다. 그에겐 얼굴도 모르는 아비의 부재가 벽이었던 모양이다. 강은 이제 아비를 떨쳐버리라고 말해주었다. 너는 아비보다 큰 존재가 되었다고, 당당한 뱃사람이라고 일렀다.

안개 속의 항로를 찾아 사력을 다하면서 강은 벽을 물리치는 방법을 떠올렸다. 눈앞의 벽을 부수거나, 담쟁이넝쿨처럼 벽을 타 넘거나, 스스로 벽을 능가하거나, 벽이 위해를 가하지 못하도록 벽을 이기는 것 등. 강은 안개가 흘러들지 못하게 브리지를 고수하는 중이다. 늙은 쇠 배는, 보루처럼 뱃사람을 안개의 벽으로부터 감싸고 보호한다.

어디선가 산뜻한 레몬 향이 풍겨온다. 이 항사다. 벌써 교대 시간이 된 모양이다. 해양대 출신의 이 항사는 깔끔하게 근무복을 차려입고 화장품 냄새까지 풍긴다. 요즘 젊은이들은 남자도 화장을 한다고 들었다. 눅눅한 브리지에 레몬 냄새가 산뜻하다. 어, 벌써 근무 교대 시간인가? 조금 일찍 왔습니다. 안개가 심하고 뱃고동이 울어서요. 이 항사는 매너도 좋고 싹싹하다. 당직 교대 시간이 십 분정도 남았다. 이제 안개 속의 항로는 이 항사의 몫이다. 다행이긴 하지만 걱정스럽다. 이 항사인들 이 안개를 어쩔 것인가. 해방감과 동시에 안쓰럽다. 아, 참. 메일이 왔던데요. 브리지의 어둠에 눈이 익자 이 항사가 일러준다. 기상도를 체크하다 보니 강에게 메일이 와 있더란다. 다 떨어진 배에 인마샛만 멀쩡해서 사관들은 지인이나 가족에게 메일을 보내곤 했다. 무슨 일이 있나. 강이 컴퓨터 앞으로 다가가고 이 항사는 프런트 글라스 앞으로 다가선다. 조타수가 윙브리지로 나간다. 그는 교대자가 올 때까지 조망을 계속할 것이다. 어이, 갈매기를 찾아봐. 강이 한마디 던지자, 조타수는 알고 있다는 듯 쌍안경을 흔들며 브리지를 나선다.

위대한 생존자. 메일은 아들이 보낸 것이고 제목이 그랬다.

지금은 새벽 두시, 바다의 시간입니다.

아버지는 바다에서는 24시간이 하나의 단위라고 하셨지요. 배는 24시간 항해하니 새벽 두세시는 일상의 시간이라고요. 바다에서는 깊은 밤이나 깊은 새벽이 없다고 하셨지요.

저는 어제 서울 갔다가 오늘 내려왔습니다. '민변' 사무실에 갔었는데, 원전 소송 일을 의논하러 갔습니다. '민변'에서 제 일을 도와주기로 결정되었습니다.

'민변'이란 민주사회를 위한 변호사 모임을 줄인 말입니다. 예전에는 인권변호사들이 모여서 활동하던 곳으로 이번에 최시화, 박성환 두 변호사가 내 일을 도와주기로 되었습니다.

얘기를 끝내고 나오는데 최 변호사가 "참 용감한 사람이다. 혼자 이런 일을 4년째 해오다니. 집이 살 만한 모양이군요" 하더군요. 갑자기 울컥하면서 아버지가 떠올랐습니다.

내 표정이 이상했던지 변호사가 나를 다시 의자에 앉히고 전통찻집에 전화를 걸어 차를 주문했습니다. 면담을 시작할 때 제가 오미자차를 좋아한다고 했던 걸 기억하고 있었습니다. 차고 신 오미자차를 마시고 나자 울컥했던 마음이 가라앉았습니다.

나는 내 아버지의 피를 빨아먹으며 소송을 해오고 있다. 나의 아버지는 외항선 선원이고, 지금도 이역의 바다를 떠돌고 있다. 철없던 시절에는 아버지가 집에 오는 거싫다고, 배로 돌아가라고 떼를 쓰기도 했다. 어린 마음에는 잊을 만하면 나타나 왕초 노릇을 하는 아버지가 미웠는데 그때 아버지가 얼마나 황당하셨을까. 원전에서 문제가 발생하면 제일 먼저 바다가 망가진다. 바다가 파괴되면 인간도 살 수 없고, 원자력에서 얻는 이득으로는 만회할 수 없는 무서운 재앙이 닥친다. 바다가 망가지면 아버지 같은 뱃사람들의 일터가 사라진다. 집과 가족을 떠나바다에서 일해온 가장들의 세상이 없어지는 것이다. 그러니 아들인 내가 어찌 가만있을 수 있겠는가. 나의 말에 두변호사가 그런 사연이 있었나, 힘껏 해보자고 투합해주었습니다.

작은 눈가루 하나가 굴러 커다란 눈사람이 됩니다. 거대 권력도 한 사람에게서 시작되었을 겁니다. 저도 일개 개인으로 거대 원전 세력과 맞서고 있습니다. 그 원동력은 아버지에게 배웠습니다. 내가 재수할 때 아버지는 투구게 얘기를 들려주셨지요.

투구게는 4억 3900만 년 전부터 지금까지 살고 있다. 지구에서 가장 오래된 생존자 중 하나라고 하셨지요. 투구게의 생존 비결은 아직 밝혀지지 않았지만 학자들은 천적이 드물고, 단순한 생활을 하기 때문이라고 추측한다고요.

가장 위대한 생존자는 긴 시간을 견디는 DNA이다. 재수나 삼수에 연연하지 마라. 투구게에 비하면 얼마나 짧은 시간인가. 길게 보라고 하셨습니다.

투구게처럼 단순하게 밀고 나가는 건 아버지에게 배웠습니다. 새벽도 깊은 밤도 없는 바다를 아버지는 항해 중이십니다. 이 못난 아들 때문에요.

투구게의 피는 푸른색으로 그 속엔 순수 맹독이 들어 있다지요. 독은 독으로만 치료할 수 있고, 투구게의 푸른 피는 귀한 해독제로 쓰인다면서요. 독으로 독을 다스리다니. 묘한 이치입니다. 제가 이 일에 뛰어든 것도 비슷한 이치겠지요. 뱃사람의 아들이 바다를 외면하면 누가 이 일에 뛰어들겠습니까.

제 밥벌이도 못하는 처지에 이런 일을 벌인 이유를 해명하려고 메일을 씁니다. 이 시간에도 어둠의 바다를 항해하시는 아버지. 나는 아직 당신께 배울 게 많은 아들입니다.

그랬나. 아들이 재수할 때 투구게 얘기를 했었나. 강은 부쩍 기억력이 떨어진 머리를 흔들며 눈을 슴벅거린다. 자신에게는 흐릿해진 기억이 아들에게 남아 있다면 이게 바로 유전이리라. 물처럼 흘러가는 유전(流轉). 강이 고개를 들자 GPS를 들여다보는 이 항사의 등이 보였다. 이 항사의 어깨 너머 프런트 글라스는 아까보다 조금 밝아져 있다. 안개가 옅어졌나. 아니 새벽이 오는 것인가. 강은 컴퓨터를 끄고 쌍안경을 챙긴다. 교대자가 올라오기 전에 조타수에게 가봐야겠다.

조망 갑판은 브리지보다 밝다. 물안개는 기다렸다는 듯 강을 덮쳐오고, 대기는 생물처럼 살아서 요동친다. 어이, 수고 많네. 목을 움츠리고 있는 조타수에게 다가간다. 그는 트링코말리에서처럼 하늘을 향해 손을 치켜들고 있다. 저거 보세요, 저거. 조타수가 핸드폰이 아닌 쌍안경으로 밝아오는 대기 한쪽을 가리킨다. 뭐지? 등대라도 보이나. 강은 조타수가 손짓하는 하늘을 본다. 농담이 고르지 않은 창공에 무언가 움직이는 것도 같다. 청회색 하늘에 비닐봉지 같은 것이 떨어질 듯하더니 도로 비상한다. 갈매기예요. 괭이갈매기. 조타수가 살짝 들떠 소리친다. 어디, 어디? 가까이 등대가 있나 봐요. 갈매기라니까요. 강은 그에게 쌍안경을 받아 허공을 살핀다. 희끗한 대기 중에 뭔가 움직이기는 한다. 하지만 아니다. 요동하는 것은 물체가 아니라 들썽이는 기류, 움직이는 대기이다. 부우우웅…… 뱃고동이 대기를 흔들며 뱃사람의 길을 헤집는다.

블루 시드
Blue Seed

이건 뭐지. 나는 낡은 해먹에 엎어져 있다. 해먹의 얼금
얼금한 그물이 천천히 눈에 들어왔고 그 후에 불그스레한
빛이 다가왔다. 이게 뭔가 싶던 것은 해먹 아래의 바닥이
다. 붉다. 자줏빛 바닥이다. 여기가 어디인가. 기억을 더
듬는다. 몸은 식어 있고 복통도 희미하다. 우리는 농장으
로 가는 길이었고 점심을 먹은 후 한 시간 쯤 지났을 때
배가 아파왔다. 달리던 차를 세우고 길가에서 구토와 설
사를 했다. 세 번쯤 구토를 한 후 기진하자, 박과 무사시
가 나를 질질 끌어다 어느 움막 안에 처박았다. 나는 종이
처럼 구겨져 쓰러졌다. 그래도 차가 멎고 몸을 땅에 누이
자 안도감이 들었다.

골 페이스(Galle Face) 호텔에서 출발하여 타운에 들러 점심을 먹고 떠난 어느 순간부터 배가 아프기 시작했다. 복통이 참을 수 없을 지경이 되어 차를 세우고 길에서 구토와 설사를 하자, 박과 무사시는 약간 떨어져서 기다리고 있다가 나를 태우고 다시 길을 떠났다. 튀듯이 달리는 차 안에서 병원! 하고 소리쳤다. 병원은 골 페이스 호텔이 있는 수도에나 있다는 건 알고 있었다. 박이 말했다. 병원은 없다, 수도로 돌아가는 것보다는 농장으로 가는 편이 낫다, 무사시의 집이 근처다, 조금만 참아라. 사실 우리는 돌아갈 수 없는 지점까지 와 있었다. 잎이 큰 나무들이 다투듯 눈앞으로 밀려왔고 드문드문 보이는 황톳길은 흙가루가 파우더처럼 피어 올랐다. 찜통 같은 태양의 열기에 대지는 달궈진 프라이팬처럼 뜨거웠다.

차는 인가가 없는 숲을 파고들었다. 울퉁불퉁, 들썩거리며 길 아닌 길을 파고들던 차는 다시 섰고, 나는 길가에서 헐떡이며 구역질을 했다. 마신 것 이상을 게워내도 구역질은 그치지 않았다. 한국의 시원한 공기가 간절히 그리웠다. 숨쉬기가 어려웠다. 환기창이 없는 텐트 안에 갇힌 것 같았다. 잘 드는 칼로 천막의 한쪽을 찢어, 바깥 공기를 마시고 싶었다. 골 페이스에는 바람이 있었다. 인도

양의 바람이 쉬지 않고 불어와 에어컨이 없어도 덥지 않았다. 백 년도 더 전, 식민지 시대에 지어진 호텔은 고풍스런 매력이 있었고, 바다를 향해 뻥 뚫린 야외 정원은 하늘과 수평선으로 열려 있었다.

골 페이스 호텔에서 밀크티를 마신 게 실수였다. 외국에 나가면 늘 우유를 조심했다. 이 나라의 밀크티가 유명하긴 했다. 현지 적응을 하느라 일주일을 타운에서 지내다 확 트인 인도양을 낀 고풍스런 호텔에 들어서자 방심했던 것이다.

무사시는 차를 청룡열차처럼 몰았다. 길은 수더분하다가 자갈투성이의 덤불길로 변하더니 숲으로 접어들었다. 인가가 없는 숲이었다. 약초 농장은 소수민족이 사는 오지 마을로 독성이 없는 블루 시드는 특정 지역의 땅과 물에서만 자랐다. 이식이나 양식이 불가능한 까다로운 약초라고 했다.

회사에서 이곳으로 발령이 났을 때 나는 순순히 가방을 꾸렸다. 태어난 땅에서 가족들과 살다 죽는 것은 옛말이 되었다. 아들과 딸도 공부와 직장 때문에 진작부터 집을 떠나 떠돌고 있었다.

박과 만난 곳이 골 페이스 호텔이었다. 박은 내게 농장

업무를 인계한 후, 한국으로 돌아갈 것이다. 그의 근무는 끝이 났고, 앞으로는 내가 이곳에서 블루 시드를 관리하며 이 년을 살아야 했다. 우리는 식민지 시대에 지어졌다는 호텔의 야외 정원에 앉았다. 인도양의 바람이 열대의 더위를 밀어내었다. 팜나무와 야자수의 시원한 자태, 뻥 뚫린 하늘과 수평선, 몇 백 년 전에 지어진 호텔은 낭만적이고 운치 있었다.

바람이 골 페이스의 야외 난간에 앉았다. 대나무 잎처럼 길쭉한 바람의 결이 대기 속에 보였다. 그중 하나가 박의 뒤쪽 난간에 내려앉았다. 바람의 결이 보이다니 신기했다. 이 나라의 대기에는 바람의 결이 생선의 가시처럼 숨어 있었다. 하긴 세상은 내가 아는 상식으로만 이루어져 있지 않았다. 열 시간 이상 비행기로 날아온 이 나라는 외부에 별로 알려지지 않았다. 오랜 식민지 생활 후엔 공산주의 정권이 들어서 폐쇄적이었고 그 후론 인터넷이 느리고 쓸 만한 자원이 없어 외국 자본의 관심을 끌지 못했다. 식민지 점령국의 착취물을 실어내던 당시가 그래도 역동적인 시절이었다. 젊은이들은 일자리를 찾아 이제 외국으로 떠나고, 남겨진 사람들은 식민지 시대에 알려진 차나 밀크티를 수출해 생업을 유지하는 실정이었다.

"밀크티 맛이 어때요?"

박이 츱츱, 빨대로 모히토를 빨아들이며 물었다. 츱츱 소리가 새소리와 비슷했다. 이곳에는 새가 많아 수시로 울어대는 통에 아침이면 잠이 깰 지경이었다. 박의 입에서 소다수와 박하 냄새가 났다. 모히토 냄새는 박의 옷처럼 열대와 어울렸다. 박은 반바지에 티셔츠 차림으로 지금 막 호텔의 어느 객실에서 나온 것 같은 차림새였다. 하지만 그는 한 시간 이상 떨어진 거리에서 나를 만나러 왔고 우리는 무사시를 만나 농장으로 가기로 되어 있었다. 무사시는 현지인으로 농장의 블루 시드 관리인이다. 구멍이 듬성듬성한 왕골 대자리 의자에 상체를 묻은 박은 모히토처럼 상긋해 보였다. 밀크티, 좋네요. 나는 고개를 끄덕였다.

사기잔에 든 뜨거운 나의 밀크티는 박의 모히토와 대조적이었다. 그와 나의 옷차림만큼이나. 나는 공항에 도착했을 때와 비슷한 차림이었다. 차라리 커피를 시켰어야 했다. 이 나라 커피는 맛이 없기로 유명하지만 그건 차가 워낙 좋으니 상대적으로 떨어진다는 것일 테고, 명색이 유명한 호텔이니 커피도 어느 정도 수준은 될 거였다.

박에게는 밀크티가 좋다고 했지만 사실 쌉싸름한 홍차

에 우유가 어울리는지 아닌지 잘 모르겠다.

이 나라에서 잘 모르는 것은 밀크티의 맛만이 아니었다. 정전과 단수가 언제 되는지도 몰랐다. 머리가 비누 거품 범벅일 때 단수가 되기도 했고 한참 밥이 끓는데 전기밥솥의 전원이 뚝 끊어지기도 했다. 하기야 예고를 한들 이 나라 말을 모르니 알아들을 수 없었을 것이다. 이 나라는 술집이 없고 밤 문화가 없었다. 거리엔 사원과 모스크, 스투바가 즐비했고 힌두 사원에서는 하루에도 몇 차례씩 소음 수준으로 경전을 틀어대곤 했다.

차와 보석으로 축복받았던 아름다운 나라는 원석이 고갈되어 이제는 가짜 보석이 판을 쳤다. 입국 일주일째, 그래도 나는 무난하게 적응하고 있었다. 다고바(스투바)와 힌두 사원, 모스크를 구경하고 정리했으며, 매연투성이 타운에서 툭툭을 흥정할 줄도 알았다. 그렇지만 대기에 움직이는 가시가 있다는 말은 들어보지 못했다. 구름인가. 박에게 물으려다 참았다. 기다리면 알게 되겠지. 여기선 흔한 게 시간이고 박이 귀국하면 어차피 무엇이건 스스로 해결해야 했다. 그보다 시력이 문제였다. 본래도 나쁜 시력이 더 나빠졌다. 낮은 시력은 평생 나를 괴롭혔지만 이제 곧 끝나리라.

바람이 호텔 난간에 앉았다. 본래 바람은 보이지 않아서 창문이나 나뭇가지가 흔들리는 것으로 인식하는데 박의 어깨 너머 난간에 앉는 바람이 보였다. 내려앉은 대기의 결, 바람 조각은 꼼짝도 하지 않았다. 물결도 바다의 결이구나. 파도 역시 바람결의 다른 이름이니 물의 결, 물결이라 했겠다.

"츠으읍."

박이 모히토를 길게 빨아들이자 그의 유리잔이 바닥을 드러냈다. 박은 웨이터를 불러 크로와상 하나를 주문했다. 웨이터는 끈적한 더위에도 양복 차림이었다. 웨이터뿐 아니고, 호텔에 드나드는 현지인들도 거의 성장을 했다. 고급 원단으로 된 사롱이나 사리를 늘어뜨리고 우아하게 지나다니는 현지인 사이에서 외국인들만 헐렁한 티셔츠에 슬리퍼를 끌고 어슬렁거렸다. 크로와상을 왜 한 개만 시키는지 의아했지만 묻지 않았다. 기다리면 알게 되겠지. 박은 서른여섯. 느슨해 보이지만 허술한 젊은이는 아니다.

"아서 클라크를 아세요?"

박이 다리를 반대로 꼬며 물었다. 모른다고 하자, 그 작가가 이 호텔에서 소설을 썼다고 일러주었다. "「2001 스

페이스 오디세이」의 원작자도 이곳에서 작업했대요. 스탠
리 큐브릭이 그 영화를 1960년대에 만들었는데, 놀랍지
않습니까? 그 당시에 미래를 그렇게 표현했다니 대단하
지요. 원작자가 기초 작업을 이 호텔에서 했답디다. 또 누
구더라……"

박이 고개를 갸웃하더니, 하여간 많은 유명인들이 이
호텔의 단골이었다고, 복도 어딘가에 이곳을 거쳐 간 유
명인들 사진이 걸려 있다고 했다. 확실히 야외 정원에서
보는 인도양은 장쾌했다. 호텔 건물이 인도양을 향해 일
자로 배치되고, 정원은 뻥 뚫린 바다를 향해 열려 있었다.
원시의 해변은 자본의 힘으로 세련되게 정돈되었고, 대기
와 파도는 호텔에 천연 에너지를 제공해주었다.

밖에서 어떤 아수라장이 벌어져도 호텔 안은 쾌적하고
안온할 것 같았다. 돈과 권력이 성과 해자처럼 투숙객을
감싸고 가진 자들은 그 안에서 즐기고 누리면서 소비하면
되었다.

휴식도 일상이 되면 권태가 오는 법. 기발하고 엉뚱한
상상도 여유와 권태가 배양하는 것. 황당한 발상의 영화
도 지겨운 여유 위에서 튀어나왔을지도 모른다. 나도 호
텔에 파묻혀 있고 싶었다. 박과 무사시, 블루 시드 같은

걸 다 잊어버리고, 혼자 인도양을 보고 새벽과 밤을 맞고, 열대의 스콜을 감상하고 싶었다. 그러노라면 어느 순간 머릿속이 깨끗해지면서 고질적으로 따라다니던 불안과 외로움, 쫓기는 것 같은 초조도 사그라들 것 같았다.

"영화 많이 받아 왔어요?"

박이 선임자답게 물어왔다. 시간 보내기에는 영화가 딱이다, 이곳 사람들은 저녁이면 티비나 보면서 시간을 죽이는데 우리는 말이 통하지 않으니 영화가 최고라고 했다. 박은 영화 얘기를 더 하고 싶은 눈치였으나 내가 대화 상대로 적합한지 살펴보았다. 아무래도 나이가 너무 많아. 세대 차이가 나겠는걸. 그의 표정이 말했다. 나는, 영화를 많이 가져오지 못했다, 필요할 때 다운받으려 한다고 대답했다. 이 나라는 인터넷 속도가 아주 느리고 사용료가 엄청 비싸요. 여기는 감옥이다, 운동 시설이 없고 놀이 문화도 없다, 종교 때문에 술집도 없으니 간수 없는 셀프 감옥이라고 박이 키득거렸다.

"좋은 영화, 전부 좀 주고 가시오."

"취향이 비슷할지?"

박이 이마에 내려온 머리를 쓸어 올리며 되물었다. 취향이 어디 있소, 있는 대로 보는 거지. 박이 알 만하다고 고개를 끄덕였다. 미드가 재밌는 게 많습디다. 「마르코 폴로」도 괜찮고요. 다 밀어드리지요. 고맙소. 한국에 돌아가면 거하게 술 한잔 사리다. 이 년 후 한국에서 박을 다시 만날 수 있을지 알 수 없지만 상황의 진실이라는 게 있었다. 그렇게 수다를 떠는 동안 바람은 하늘과 바다에서 쉬지 않고 불어와 머리칼과 옷자락을 흔들었다. "바람이 골 페이스의 주인이구먼." 나의 중얼거림에 박이 고개를 끄덕였다. 이 나라는 아직 사람과 자연이 전투 중입니다. 때로는 자연이 이기고 때로는 사람이 이기지요. 박은 몇 년 전 중부 해안을 휩쓴 지진 얘기를 늘어놓았다.

자연과 전투 중인 땅. 그러면 골 페이스는 자본과 타협한 곳일까. 티비에서 본 영상 하나가 떠올랐다. 해저에 깊이 가라앉은 난파선 한 척이 드디어 자연물이 되었다는 다큐였다. 시간은 어떤 이물질도 소화하여 자연으로 삭혀낸다고 했다. 골 페이스는 지배와 정복의 상징이었다. 남의 나라 바다를 마음껏 차지하고 점령한 전형이지만 시간은 정복자의 신전을 또 하나의 자연으로 육탈시켰다. 미움도 오래되면 친숙하고 희미해지는지 고풍스런 호텔은 드나드는 사람을 살아 있는 오브제로 전시하면서 또 다른 자연으로 풍화되고 있었다.

무구한 시간에도 변하지 않는 게 인간인 것 같다. 변하기는커녕 시간이 지나갈수록 그악하고 치밀해지는 인간의 욕망. 새순일 때 연하던 식물이 성장하면서 질기고 거칠어지듯. 나 역시 그런 생존 압박에 밀리어 낯선 이역에서 인도양의 바람을 맞고 있었다.

호텔 문지기도 비슷했다. 그는 과거 식민 시대의 옷차림을 고수 중이었다. 불편했던 과거도 돈이 되니 추억으로 전시했고 웨이터들도 무더위 속에서 긴 양복을 갖춰 입고 서비스를 팔았다. 물주인 관광객들만 반벌거숭이 차림으로 이국의 자연과 과거를 즐기고 소비했다.

호텔 밖에는 경마장이 있었다. 식민 시대 관리들이 말을 타기 위해 경마장을 만들었는데 지금은 주차장으로 바뀌었다. 주차장 인근은 공원이고, 대항해시대에 시나몬과 보석, 향료를 실어 나르던 항구는 공원으로 이어졌다.

"슬슬 나가볼까요?"

내가 밀크티를 다 비우자 박이 손목시계를 들여다보았다. 무사시가 주차장에서 기다리고 있었다. 오늘부터 나는 무사시의 새 상관이 될 것이다. 한 개의 크로와상은 접시 위에서 식고 있었다.

블루 시드는 만병통치의 불로초다. 약초의 효능은 완전

히 밝혀지지 않았는데 미국 FDA에서는 부작용이 전혀 없다고 발표했다. 유럽 어느 나라에서는 화장품이나 의약품에 첨가하여 비싸게 팔았고 우리나라는 아직 시판을 하지 않았다. 회사는 싼 원가와 인건비를 바탕으로 원자재 선점에 주력 중이다. 사포닌이 산삼의 이십 배이고, 기관지에 특효인 블루 시드를 독점해 제약회사나 화장품회사에 납품하는 게 회사의 목표였다.

하지만 파견 직원은 고작 한두 명, 나머지 인력은 현지 채용이었다. 인건비가 싸고 약재 유출을 방지한다는 이유였지만, 투자금을 아끼려는 속셈이리라. 회사의 투자는 쫀쫀했고 박이나 나는 그런 회사에 생존을 걸고 있었다. 어쨌건 박은 임무를 완수했고 이젠 내 차례였다. 나는 블루 시드를 확보해 아직 내가 쓸 만한 존재임을 회사에 증명해야 했다. 한국에서라면 나는 퇴직 대상 일순위 나이였다.

소수민족인 꼬뚜족의 영험한 약초인 블루 시드는 다른 곳에 옮겨 심으면 신기하게 약효가 사라졌다. 자연의 정기인 약초는 기후와 토양에 민감했고 꼬뚜족은 일정한 분량만 반출하여, 회사는 물량을 늘리려고 안달이었다.

"그럽시다."

내가 몸을 일으켰다. 그 순간 박의 등 뒤, 난간의 대기가 움직였다. 저만치에서 긴 막대기를 들고 이쪽을 홀깃거리던 호텔 종업원이 우리 쪽으로 달려왔다. 그는 남성용 사롱을 입고 있었는데, 대나무 잎사귀 같던 난간의 대기가 빨랐다. 검은 결은 순식간에 날아오르며 테이블 위의 크로와상을 채갔다.

하하. 빵이 사라졌고 박이 유쾌한 듯 소리 내어 웃었다. 달려온 종업원은 긴 장대로 공연히 빈 하늘을 휘저었다.

"저게 저 사람 직업입니다. 새 쫓는 거요."

사롱 자락을 펄럭이며 돌아서는 종업원을 가리키며 박이 말했다. 그랬다. 난간에 앉았던 대기의 결은 까마귀였다. 시침을 떼고 앉아 빵을 노리던 새를 나는 나쁜 시력 탓에 대기의 결이니 가시니 하고 억측했다. 박은 처음부터 까마귀 몫으로 크로와상 하나를 주문했던 것이다. 새를 쫓는 일이라. 나는 절대 가질 수 없는 직업이다. 까마귀도 분간 못하는 시력이니.

무사시는 호텔 주차장에서 우리를 기다리고 있었다. 같이 차를 마셔도 좋으련만 그는 굳이 주차장을 고집했다.

회색 중고 도요타를 가진 무사시는 이 나라에서는 꽤 부자라 했다. 이 나라는 자동차 생산 기술이 없어 차를 전량 수입하는데 세금이 거액이었다. 국민들은 수입 가격의 두 배정도를 주고 차를 사야 해서, 자동차 한 대 있으면 부자 소리를 듣는다는 것이다. 무사시도 그런 부자면서 호텔로 들어오지는 않았다. 그는 타잔처럼 터벅머리에 턱수염이 있는 단단한 몸집의 사내로 피부는 초콜릿빛으로 윤기가 흘렀고 눈빛은 또렷했다. 짙고 숱 많은 눈썹에 검은 머리카락의 무사시는 나를 똑바로 마주 보며 손을 내밀었다.

이곳은 원색의 나라다. 흙은 붉은 황토이고 식물은 짙은 초록이다. 사람들은 진한 갈색 피부에 눈망울은 하얗다. 여자들은 새카만 생머리를 길게 늘어뜨리고 아이들은 맨발로 뛰어다녔다. 현지인에 비하면 나는 투명 인간 같았다. 머리칼은 희지도 검지도 않은 회색이고 숱은 듬성하다. 나이 들어가는 얼굴은 노래서 더운 공기 속으로 희미하게 사라질 존재 같다. 약초 농장엔 일꾼이 서른 명 정도라는데 이런 어중간한 색으로 어떻게 현지인을 다스리나. 목소리? 이미지? 달러의 힘? 은근히 걱정이 되었다.

박은 젊고 한눈에도 동양인으로 보였다. 볼살이 많은 박을 현지인들은 일본인이나 중국인으로 본다고 했다. 이 나라에서 외국인은 돈이고 힘이다. 동양인도 외국인이다. 하지만 나는 이도 저도 아닌 어중간한 존재로 보일 것 같다.

무사시와 악수를 나누고 우리는 농장으로 출발했다. 무사시는 물을 한 모금 마신 후, 농장까지는 세 시간 정도 걸린다고 말했다. 중간에 점심을 먹을 것이니 조금 더 늦을 수 있다, 일단 누루강가로 간다, 블루 시드 농장은 누루강가를 거쳐 더 숲으로 들어가야 한다고 조수석에 앉은 박이 통역해주었다. 무사시도 간단한 영어는 가능하다고 했는데 그는 군이 현지어를 사용하면서 새로운 상관인 내게 잘 보이려는 기색이 조금도 없었다. 나는 은근히 신경이 쓰였지만 모른 척하고 뒷좌석에 앉아 있었다.

차가 타운을 벗어나자 무사시가 음악을 틀었다. 중저음의 남자가 아잔을 부르듯 애조 띤 소리를 내었다. 괜찮은 음악이었고 나도 모르게 눈이 감겼다. 부지런히 주변 지형을 스캔해야 하는데 묘하게 마음이 흔들렸다. 어떤 삶이 기다리고 있을까. 불안과 두려움은 공항에 내리면서부터 구체적으로 굴러 왔다.

회사는 선심 쓰듯 일주일의 휴식을 주었지만 시차와 현지 적응을 하기에도 빠듯한 시간이었다. 숙소는 박이 미

리 구해놓았고 독신자에게 필요한 물품은 거의 준비되어
있었다. 사흘쯤 보내자 몸이 저항했다. 너무 더워. 사계절
도 없이 내내 뜨거운 여름이라고! 이런 곳에서 어떻게 이
년을 보내나. 물에는 석회가 드글거리고 공기는 한증막
같고 말은 통하지 않는데다, 모든 게 열악하잖아. 친구도
오락거리도 없이. 박도 해냈어. 박은 인터넷이 있었어. 그
는 혼자가 아니었다고. 영어와 인터넷으로 온 세상을 상
대로 놀았지. 박은 해외 직구로 쇼핑을 하고 드론으로 사
진을 찍어 구글에 올리고, 외국인의 특권도 누렸어. 그럼
넌 박처럼 인터넷과 영어에 능하지 못하니 그만 돌아갈
래? 한국에 돌아가 퇴직의 경계에서 눈칫밥이나 먹고살
래? 아니, 아니라고. 나는 고개를 저었다.

　타운을 벗어나자 시골이었다. 이 나라에서 시골은 무질
서한 자연의 다른 이름이다. 자연을 내버려두면 어떤 모
습이 되는지 시골은 보여주었다. 혼잡하고 무질서했다.
개발의 손길이 닿았다가 방치된 얼룩덜룩한 곳들을 무사
시의 차는 회피하듯 달려 나갔다.
　박과 나의 숙소는 타운에 있었다. 타운의 숙소에서는
조금만 걸어 나가면 트리 윌이 대기했고 매연 속에서도

상가와 사원, 시장이 손님을 기다리고 있었다. 도시를 거미줄처럼 연결하는 버스도 다녔다.

숲으로 들어선 지 얼마 지나지 않아 버스와 도로가 있는 타운이 그리워졌다. 회사에선 파견 직원의 자동차 소유를 금했다. 도로 사정이 열악하여 위험하다는 이유였지만 직원들은 속지 않았다. 직원들은 회사의 주의를 무시하고 개인 비용으로 차를 렌트했다. 박도 보험 하나를 들어놓고 전속 툭툭을 계약했다. 매달 일정 금액을 지불하면 전화 한 통으로 언제 어디서건 달려오는데 요금도 얼마 되지 않았다. 단 농장으로 갈 때는 무사시를 호출했다. 농장은 툭툭으로 갈 수 없는 비포장의 오지니까.

몇 곡의 노래를 듣는 동안, 차는 시골길을 벗어나 타운으로 들어와 분홍색 건물 앞에 섰다. 타운이라 해도 건축 재료가 시멘트나 유리, 슬레이트에 합판이나 판넬이 전부인 소박한 건물이 대부분인데 가끔 대리석이 번쩍이는 현대식 건물이 나타났다. 그런 곳은 영락없이 외국 간판을 달고 있었다.

"에어컨이 나오는 곳이에요."

'더치 뱅크'라는 레스토랑의 유리문을 밀며 박이 말했다. 무사시는 나를 위해 서양식 레스토랑을 골랐다. 이곳

사람들은 식민 시대의 흔적을 주저하지 않고 드러냈다. 식민지 침략국의 상호를 사용하는 것에 거부감이 없어 보였다. 외국 자본이 세운 식당이라도 현지인의 정서를 의식하지 않을 수 없을 것인데 그런 기미가 없었다. 유럽의 도시들이 구시가지를 일부러 원형 그대로 보존하는 것과는 좀 달라 보였다.

누루강가는 강과 바다가 만나는 곳에 있다고 했다. 누루는 강이고 강가는 소금이다. 바닷물이 강 상류에 흘러들어 소금의 강, 누루강가라고 하는데 블루 시드는 이 소금물을 먹고 자란다. 농장은 고립된 소수민족의 마을에 있고 꼬뚜족은 산과 강에서 먹을 것을 구하고 약초를 재배하며, 일정량의 블루 시드만 반출했다. 돈을 더 준다고 해도 응하지 않고 외부에 노출되는 걸 싫어한다. 종족의 고유 문화와 언어를 지키고 외부의 간섭을 거부한다. 무사시가 손으로 커리를 입에 넣으며 설명했다.

나는 나시고랭과 워터멜론 주스를, 박과 무사시는 현지식 커리를 먹었다. 두 사람은 핑거볼에 손가락을 꼼지락거린 후 손으로 밥을 주물러 입에 넣었고, 나는 스푼으로 나시고랭을 먹었다. 식후에도 나는 워터멜론 주스를, 두 사람은 따뜻한 홍차를 홀짝거렸다.

배 속이 이상해진 것은 '더치 뱅크'에서 나온 얼마 후였다. 설사를 할 것 같아. 박에게 하소연했는데 무사시가 차의 캐비닛에서 마른 풀잎 몇 조각을 꺼내주었다. 꺼끌거리는 약초를 억지로 삼켰다. 하지만 통증은 약효가 나타나기 전에 시작되었다. 호텔에서 밀크티를 마신 게 실수였다. 외국에 나가면 늘 우유를 조심했는데 탁 트인 인도양을 접하고 방심했던 것이다.

이상한 냄새가 난다. 여기가 어디인가. 몸이 끈끈하다. 청룡열차처럼 덜컹거리던 차가 드디어 멈추자, 두 사람은 나를 끌어내어 움막 같은 곳에 처넣었다. 나는 짐짝처럼 꼬꾸라지면서 육신이 땅에 닿았다는 것만으로 안심이 되어 정신을 놓았다. 묘한 열대의 냄새는 팍치인가. 아니, 생강 종류 같기도 하다. 모히토 종류와도 다른, 친해지기 힘든 냄새다. 무언가 나를 흔든다. 해먹에 엎어진 몸을 틀어 겨우 고개를 들자 무사시가 서 있다. 그가 내 상체를 부축해 일으켜준다. 그는 작은 나무 테이블 위에서 토분 같은 잔을 들어 내민다. 이상한 냄새의 근원은 거기였고 박은 보이지 않는다.

"드링크." 무사시가 권한다.

"웨얼 이즈 미스터 박?"

무사시는 내 말엔 대답도 하지 않고 잔만 거듭 들이민다. 표면이 거친 잔은 약간 뜨거운 보랏빛 액체를 담고 있다. 도무지 내키지 않고 무언지 모르겠는 약물이다. 무사시는 내가 마시는 걸 지켜볼 모양이다. 버티고 선 기세에 눌려 나는 억지로 반쯤 마신다. 쓰고 낯선 맛이다. 뱉어내고 싶지만 참는다. "올!" 무사시가 마저 마시라고 강요한다. 표정이 엄하다. 무례하고 불쾌하지만 항의할 기운이 없다. 그는 내가 잔을 비울 때까지 버티고 있다. 마지못해 잔을 비우자니 고역이다. 굿. 무사시가 싱긋 웃더니 빈 잔을 받아 물러난다. 디스 이즈 블루 시드 앤 뭐라는데 못 알아듣겠다. 도대체 박은 어디 갔지? 아픈 나를 두고 어디로 갔단 말인가.

"웨얼 이즈 미스터 박?" 나는 무사시가 들어간 주방 쪽을 향해 소리친다. 뭐라고 그가 대답하는데 역시 무슨 소린지 알아들을 수가 없다. 기운이 빠져 나는 해먹 위로 쓰러진다.

삐이걱. 주방 쪽에서 나무 문 여닫히는 소리가 들린다. 무사시가 나가나 보다. 나를 두고 다들 어디로 가는 거지. 박에게? 박은 어디서 무얼 하나. 의사를 데리러 가지는 않았을 것이고. 덥다. 숨이 막히는 더위다. 맞은편 벽에 선풍기가 있지만 뭉근한 바람만 무겁게 밀려온다. 빌어먹을. 무사시는 부자라면서 왜 에어컨 하나 사지 않는지 짜증이 난다. 덜덜거리는 선풍기 소리 외에 집 안은 조용하다. 내 핸드폰은 어디 있지. 박을 찾아야 했다.

스스스, 사사사. 마당에서 나뭇잎 흔들리는 소리가 난다. 밀림이 내는 소리는 반갑지 않다. 익숙하지 않은 소리는 불편하고 거슬리고 두렵다. 내 가방은 약차가 놓였던 작은 테이블 위에 있다. 가방 속의 핸드폰을 꺼내려고 바닥으로 내려선다. 바닥의 벌건 빛이 섬찟하다. 무슨 생각으로 바닥을 이리 칠했을까. 알 수가 없다. 바닥은 타일도 나무도 아닌 시멘트로, 시멘트 위에 페인트를 덧발랐다. 두텁게 칠한 핏빛 바닥이 기이하게 번들거린다.

"아니, 미스터 박. 지금 어디 있나?"

몇 번의 신호음 끝에 박이 나오자 나는 반가움에 언성부터 높였다. "아, 이제 정신이 드세요?" 박은 능청스럽도록 태연하다. "어디긴 농장이지요. 일꾼들이 기다리고 있어 먼저 왔어요. 몸은 어떠세요?" 조금 더 누워 쉬어라, 이곳의 물이 특이해서 외지인은 누구나 고생한다며, "저도 처음엔 일주일을 꼬박 앓았어요. 살이 오 킬로나 빠지더라고요. 그때는 무사시도 알기 전이라 혼자 생똥을 쌌다니까요." 박이 낄낄거렸다. 그러니까 갑작스런 복통과 구토는 호텔의 밀크티가 아니고 이 지역의 별난 물 때문이란다. 설사는 거쳐야 할 통과의례고. 모르겠다. 박의 수화기로 농장의 소음이 들려온다. 들들거리는 기계 소리와 현지인의 말소리가 웅웅거린다. "그래도 선배님은 운이 좋은 편입니다. 평소에는 핸드폰도 잘 안 터지거든요. 이렇게 통화까지 할 수 있으니 다행이지요." 박의 목소리는 부분부분 끊어졌지만 내가 찰떡처럼 알아듣는다.

"지금 좀 바빠서…… 나중에 다시……" 박이 전화를 끊으려 해서 나는 급하게 그를 붙잡는다. 어이 어이, 미스터 박, 여기가 어디야? 무사시 집이지요. 걱정 말고 누워계세요. 무사시가 잘 치료해줄 거예요. 치료보다 이 집 바닥이 왜 이래? 바닥이…… 왜요? 색깔이 이상하잖아. 핏빛이라고. 피이? 박이 크하하, 폭소를 터트렸다. 아, 그거요. 내 참. 피가 아니고 거기 뱀이 좀 있어요. 뱀이 들어오면 발견하기 쉽게…… 일부러 바닥을 빨갛게…… 여기 뱀이 많아? 그럼요. 숲이잖아요. 우리가 찾는 블루 시드도 토종 뱀의 식량이고요. 뒷머리가 싸아해진다. 박에게 누군가 말을 걸었고 박은 오케이, 오케이 하더니 전화를 툭 끊었다. 일단 현지어부터 배워야겠다. 일꾼들과 기본 소통은 되어야지. 농장 근처에 방을 얻어 마을에서 살면서 배우자.

회사와 접촉할 때만 타운으로 돌아가자. 이곳으로 발령이 났을 때 현지어 공부를 했었다. 어학원을 죄 뒤져도 후진국의 언어 강좌는 개설된 곳이 없었다. 인터넷을 뒤져서 일대일 강습자 한 명을 간신히 찾아냈다. 산업체 연수자로 우리나라에 온 현지인이었는데 교습비를 선납하고 그와 마주 앉았다. 낯선 외국어가 도무지 머리에 들어오지 않았다. 오죽하면 먼저 퇴직한 친구나 동료들을 떠올렸을까. 잘나가던 친구일수록 퇴직 후를 힘들어 했다. 덜컥 암이 발병하거나 심장마비로 급사하는 동창도 있었다.

돼지 꼬리 같은 이국의 문자는 도대체 익숙해지지 않았고 때로는 산업체 근로자인 외국어 선생과 소주잔만 나누고 돌아 오기도 했다.

그래도 떠나오는 날까지 낱말 카드를 만들어 책상 앞이나 화장실 벽에 붙였다. 뽀이투 바렌, 바나캄, 란드리……하지만 공항에 내리니 아무것도 생각나지 않았다. 후텁한 공기가 가슴을 탁 쳤고 기껏 외운 단어들은 도망가버렸다. 박은 내 하소연을 일거에 묵살했다. 농장에선 그런 말, 안 씁니다. 꼬뚜족의 언어를 사용하는데 지구상에서 소멸 중인 언어지요. 선배님, 이 년의 임기를 위해 사라질 언어를 배우시겠어요? 나는 아니, 라고 대답했다. 하지만 이젠 아니다. 소멸하는 언어라도 배워야겠다. 이 년이 적은 시간인가. 현재가 가장 중요하다. 과거나 미래보다. 골페이스 호텔도 그때그때의 현재를 받아들여 오늘에 이르지 않았는가. 다행히 복통과 설사는 가라앉았다. 무사시의 약차가 효험이 있었다. 한낮의 징그럽던 태양이 사그라든다.

창밖에 코코넛 나무가 보인다. 현지인 속으로 들어가자. 소멸되는 꼬뚜어부터 시작하는 거다. 이곳의 환경과 사람에게 적응하여 영험한 씨앗과 약초를 얻으리라. 박도 해낸 일이고 박만큼은 해내야 한다. 마당이 아담하다. 여기선 아담하지만 한국에서 이 정도를 갖추려면 고액이 들어간다. 문명 사회에서 자연스런 것은 고가(高價)지만 여기선 처치 곤란한 밀림의 한 부분일 뿐이다.

몸이 끈적하다. 이 나라는 샤워 물도 뜨끈했다. 아침에 물을 받아 그늘에 옮겨두지 않으면 해가 져도 식지 않았다. 정작 온수는 나오지도 않으면서 석회가 섞인 물은 꺼끌하고 뜨끈했다.

무사시도 나를 두고 농장으로 갔나 보다. 사람의 기척이 없는 두 칸짜리 집은 소박하다. 방 하나, 거실 하나, 주방 하나가 전부고, 거실 테이블 위에 몽키 바나나 소쿠리가 있다. 나더러 먹으라는 것인가. 바나나는 블랙 스폿이 생겨 달콤한 냄새를 풍긴다. 커튼으로 황금빛 저녁 해가 들어온다. 구스타프 클림트의 노란색은 저리 가라 할 정도로 부드럽고 멋진 채도다. 하지만 같이 즐길 이가 없으니 조금도 감흥이 일지 않는다. 콜라겐처럼 물컹한 더위만 짜증스럽다.

타운엔 에어컨과 자가발전기가 있는 집도 많던데 무사시는 구두쇠인 모양이다. 바깥 공기라도 마시려고 커튼을 들춘다. 커튼이 의외로 탄탄하게 저항한다. 허접해 보이는 커튼을 자세히 보니 나무 창틀에 핀으로 고정되어 있다. 커튼이 방충망 구실을 하는 것이다.

뎅기열 모기에 대한 경고는 출발 전부터 들었다. 현지인들도 해마다 뎅기열로 몇 명씩 사망한다고 했다. 산골에 어둠이 내려온다. 어두워지면 박과 무사시도 돌아오겠지.

꾸룩꾸룩 꾸우우.

기묘한 소리가 들린다. 산짐승의 울음소리 같은데 가까

운 곳인지 먼 곳인지 알 수가 없다. 마당 건너 녹색 정글에 무언가 숨어 있을까. 집 안에 있으면 안전하겠지. 설마 마당까지 밤 짐승이 내려오랴. 야광충처럼 빛나는 눈과 날카로운 발톱이 떠오르자 샤워에 대한 욕망이 달아난다. 여기는 숲속의 외딴집. 도망갈 곳도 도움을 청할 곳도 없다. 매연투성이의 타운이 그립다. 이래서야 현지인들 옆으로 어떻게 다가가나. 집 안에 숨지 말고 나가보자. 저 숲속에 블루 시드와 꼬뚜꼴라가 있을 것이다.

집 안의 불을 죄 켠다. 벽에 달린 작은 등은 촉광이 낮다. 정전이 아니라 다행이다. 가슴이 답답하다. 집 안의 불을 다 켜도 환하지는 않다. 부엌 바닥도 빨갛다. 뱀이 얼마나 많으면 바닥까지 빨간색인가. 근처에 인가도 없는 고립된 산속, 자연의 정기인 약초가 영험할 만도 하다. 호텔의 까마귀를 떠올리며 쪽문을 민다. 새보다는 나아야지. 까마귀도 먹이를 얻으려 인간의 옆구리까지 파고드는데. 밀림 냄새가 후끈하게 다가온다.

뱀! 초록 뱀이다! 연못가의 돌 밑이다. 마당의 귀퉁이에 돌로 아귀를 맞춘 연못이 보였다. 물 냄새를 맡으며 좁은 도랑을 물고 있는 연못으로 다가갔다. 누루강가. 여기도 소금 강의 지류인가. 수생식물 몇 가지가 떠 있는 물맛을 본다. 과연 짠맛이 났다. 이 물길을 따라가면 농장이 나오고 박과 무사시가 있겠지. 일꾼들이 사는 작은 마을도 있을 것이다. 물을 떠 팔다리와 목덜미에 끼얹는다. 가보자. 농장과 이어진 물길이다. 못 찾으면 박이나 무사시에게 전화를 하면 되지. 박이 인터넷을 하고 드론을 띄우는 동안 나는 현지인들 속으로 들어갈 것이다. 호주머니에서 손수건을 꺼내 얼굴을 닦는데 무언가 번득인다. 돌멩이인가. 노끈 같은 것이 스르르 움직인다. 기름을 바른 듯한 몸통 끝에 길쭉한 세모꼴 대가리가 보인다. 보랏빛, 아니 푸른빛의 뱀이다. 소름이 뱀의 등판처럼 번들거리며 일어섰다. 오두막으로 돌아가자. 주방까지의 거리를 가늠하며 호흡을 진정시킨다. 뱀의 색깔은 이중, 삼중이다. 주방까지의 거리는 가늠되지 않는다. 뱀은 블루 시드와 같은 색이다. 아까 박이 그랬던가, 블루 시드가 뱀의 식량이라고. 그럼 우리가 뱀의 양식을 빼앗고 있었단 말인가.

사사사. 뱀들이 블루 시드를 먹고, 움직이고 교미한다. 풀잎 아래 뱀들이 생활하는 소리가 쌓여 있다. 인간의 귀에 들리지 않을 뿐. 기분 나쁜 밀림이다. 녀석이 부엌문

쪽으로 방향을 튼다. 몸통이 내 엄지손가락만 하다. 열린 부엌문으로 새어 나온 불빛이 마당을 길게 자른다. 내가 나오며 열어둔 문이다. 나무 문은 아귀가 잘 맞지 않았다. 집 안에 뱀이 들어가면 안 된다. 무사시와 박에게 면목이 서지 않는다. 어두워지는 마당이 괴괴하다. 발밑에 돌멩이 하나가 보인다. 조심조심 집어 올린다. 손이 사정없이 떨리지만 손아귀에 틀어쥔다. 가시처럼 길쭉하게 찢어진 주방 불빛을 향해 움직이던 뱀이 멈춘다. 사람 냄새를 맡은 것인가. 이방인의 심장이 벌렁거린다. 소금 강도 특이한데 약초와 같은 빛깔의 뱀이라니. 돌멩이를 치켜든다. 지금이야. 쥐어짜듯 자신에게 명령한다. 지독하게 외롭다. 뱀이 입을 쩍 벌린다. 쉬익, 갈라진 입속에서 파란 혓바닥이 공기를 가른다. 바—악! 무사시! 침입자가 소금의 강으로 떨어진다.

"저런, 악몽을 꾸시네. 헛소리도 하시고."

뱀이 이마에서 툭 떨어진다. 박이 내 이마에서 물수건을 걷어내고 있다. 선배님, 열은 내렸네요. 막혔던 숨이 터진다. 박이 주방을 향해 소리친다. 무사시, 깨어났어! 무사시가 주방에서 걸어 나온다. 싸한 약초 냄새로 알 수 있다. 보기보다 약하시네. 하긴 난 일주일을 앓았어요. 박이 말하고, 무사시가 다가와 나를 들여다본다. 나와 눈이 마주친다. 보랏빛 뱀 눈이다. 나는 깜짝 놀라 얼른 눈을 감는다. 그래도 다행이지. 무사시, 사마한*은 다 끓었나? 무사시가 손에 든 절구를 들어 보인다. 절구 속에 약초들이 보인다. 마른 약초와 몇 가지의 씨앗. 이상도 하다. 나는 분명 눈을 감고 있는데 절구 속의 약초가 보이고 무사시는 박의 한국말을 알아듣는다. 여기가 꿈속인가, 소금 강 속인가.

* 약차의 한 종류.

마지막 테라스 만찬

그 남자가 두리안을 껴안고 나타난 게 언제였을까. 툭툭 기사가 큰 도로변에 우리를 내려주어서 나는 민희와 도로를 몇 개 건너 숙소를 찾아갔다. 우리는 숙소가 밀집되어 보이는 곳으로 두리번거리며 걸어 들어갔고 그는 적당한 곳에서 짐을 지키며 기다렸다.

십오 도쯤 시선을 치켜들고 간판을 훑었다. 여행자 거리에 삐끼는 없고 사회주의 국가답게 소박하고 단정했지만, 빈방이 별로 없었다. 있어도 가격이 비쌌다. 좀 더 알아보자며 우리는 일단 그에게 돌아갔다. 그는 도로가에서 무자비한 햇살을 고스란히 받으며 배낭과 캐리어 옆에 서서 사방을 둘러보고 있었다. 한눈에도 여행자라는 표시가 났다. 현지인들은 가게의 차양 사이로 그림자처럼 지나다니고 있었다.

숙소를 찾나요?

어딘가에서 한국말이 들려왔을 때 나는 그 소리를 믿지 않았다. 잘못 들은 거라고 생각했고 그와 민희도 그랬던 거 같다. 방이 없어. 가격도 비싸고. 어디 시원한 데 들어가 좀 쉬었다가 찾아보자고 그에게 말했을 때, 두번째 한국어가 들려왔다.

요즘 빈방이 별로 없을 건데요. 가격도 만만찮고.

그제야 나는 소리 나는 쪽으로 고개를 돌렸다. 두리안을 파는 원두막처럼 생긴 노점상 옆에 한 남자가 서 있었다. 원두막 기둥에는 한 무더기의 두리안이 매달려 있고 남자는 그 기둥에 어깨를 기대고 있었는데 한눈에도 어중간해 보였다. 눈매와 말투가 느슨했고 한국인인지 현지인인지도 분간되지 않았다. 사회주의 국가라 노숙자나 히피는 아니겠지만 피부색과 어조, 나이까지 모호해 보였다. 그의 눈에, 당신 뭐요? 하는 경계가 떠올랐다.

정말이에요. 방도 없고 꽤 비싸던데요.

내가 나섰다. 우리는 어젯밤부터 슬리핑 버스를 타고 국경을 넘느라 포근한 침대와 따뜻한 샤워가 그리운 상태였다. 어디서 나타난 누구인지 모르지만 미리 경계할 필요는 없을 것 같았다. 행여 이 남자가 사기꾼이라 할지라도 우리가 가진 건 알량한 여행비가 전부였다. 다 털려봐야 여행을 중단하고 한국으로 돌아가기밖에 더할까. 미리 각을 세우는 그가 딱해 보였다. 남자는 근처에 사는지 맨발에 슬리퍼 차림이었고 머리칼이 적당히 뭉쳐 있었다. 나는 머리 상태로 현지인인지 아닌지 분간했다. 여행자들은 대개 머리칼이 가볍고 윤기가 흘렀는데, 현지 사람들은 사흘에 한 번 정도 감은 머리처럼 진득했다. 그런데 신기한 건 이 나라에서는 대머리가 드물었다. 안경 낀 사람과 뚱뚱한 사람을 보기도 어려웠다. 두리안을 쪼개 개별 포장하던 노점 상인이 우리를 흘깃거렸다.

어디 괜찮은 방 있을까요?

내가 생글거렸다. 남자가 두리안 한 통을 들고 다가왔다. 아이의 머리통만 한 두리안을 들고 남자가 가까이 오자 민희가 눈을 가늘게 뜨고 살폈다. 그리 좋은 곳을 찾는 게 아니라면…… 어중간해 보이는 남자가 살짝 눈치를 보았다. 아니오. 우린 싼 곳을 찾아요. 내가 말했다. 그럼 도미토리도 괜찮겠어요? 도미토리? 역시 이곳 식의 삐끼인가. 여행객을 이용해 살아가는 사람들의 방식은 지역마

다 조금씩 달랐다. 일인당 사 달러. 남자가 덧붙였다. 좋
아요. 그 정도면 삐끼라도 괜찮은 가격이었다. 괜찮은 도
미토리가 있어요. 별로 멀지도 않고. 남자가 휘적휘적 앞
서 걸었다. 바람도 없는데 바람을 타는 것 같은 걸음이었
다. 나와 민희가 남자를 따르자 등 뒤에서 그가 나를 쏘아
보았다. 그러거나 말거나.

그는 나 때문에 도미토리는 단념했다. 나짱의 한 숙소
에 들어갔을 때 냄새가 심하게 났다. 로비는 코끼리 동상
과 커다란 조화로 그럴싸했는데 키를 받아 룸에 들어가니
부패한 카레에 독한 방향제를 뿌린 것 같은 냄새가 났다.
혀까지 쎄하게 아려와 환기를 시키려 했더니 창문이 고정
되어 있었다. 무늬만 창이었다. 에어컨을 켜자 들들거리
는 소음이 냄새와 믹스되어 더 견디기 힘들었다. 어느 사
이에 그는 반바지에 러닝셔츠 차림으로 갈아입고 침대에
걸터앉아 캔맥주를 홀짝이고 있었다. 여기선 못 자겠어.
다른 곳에 가. 나는 차라리 끼니를 굶겠다고 했다.
    카운터에 요구해 방을 바꾸어도 오십보백보였다. 그곳
은 사람을 위한 숙소가 아니라 돈벌이를 위해 겉만 방으
로 흉내 낸 영업장이었다. 우리는 짐을 꾸려 다시 거리로

나왔다. 시끄럽고 소란한 나짱의 거리에서 새 숙소를 찾아 돌아다닌 그 밤 이후, 그는 숙소 결정을 내 몫으로 돌렸고, 그의 여행 계획 중 하나였던 도미토리도 포기했을 것이다.

드르륵 드르륵 득득득. 캐리어로 바닥을 긁으며 그는 맨 뒤에서 따라왔다. 배낭을 메고 캐리어 가방까지 끄는 그에게 두리안 남자가 캐리어를 끌어주려고 손을 내밀었지만, 그가 사양했다. 거절인지 사양인지 알 수 없었다. 당신은 내가 말하면 안 믿고 남이 말하면 잘 믿지. 그는 내게 비꼬곤 했다. 그랬나. 남이 말하면 귀에 잘 들어오는데 그가 말하면 정말인가 싶었다. 그건 그도 마찬가지였다. 남이 말하면 쉽게 동의하지만 내가 말하면, 그게 뭐? 하고 따졌다. 그래도 괜찮았다. 작은 의혹이라도 들이대고 따져볼 수 있는 존재가 가족 아닌가. 두리안 껍질처럼 울퉁불퉁한 불만을 덮어주고 각자의 고독을 암묵적으로 받아주는 대상이 가족이리라. 그게 안 되면 민희처럼 집을 나오겠지. 두리안이 쪼개지듯이. 하긴 민희가 이번에 집을 나온 건 남자 때문이 아니라 남자의 어머니 때문이었다. 남자의 어머니가 생활비를 준답시고 사사건건 트집을 잡았다고 했다. 민희의 남자는 건설 현장에서 일하는데 벌이가 불규칙한데다 임금을 제때 받지 못했다. 업자가 잡아준 숙소에서 장기 투숙하던 남자는 민희와 동거하게 되자, 그녀를 자신의 어머니 집으로 들여보냈다. 남자는 며칠에 한 번씩 집으로 왔고, 민희는 남자의 어머니와 생활하며 생활비를 얻어 썼다. 남자의 어머니는 점쟁이였는데, 민희는 점집 살림을 맡아 살다가 못 견뎌서 나왔다.

이제 어쩔래? 내가 묻자 민희는 픽 웃었다. 어쩌긴. 세상에 남자 많아. 집도 많고. 그럴 때의 민희는 손아귀를 빠져나가는 미끌거리는 차돌 같았다. 하긴 그녀는 그렇게 살아왔다. 이 남자 저 남자에게로, 이 집 저 집으로. 예쁘지 않고 키가 작고 몸매도 별로지만 그녀는 사랑을 할 줄 안다. 그게 사랑인지 뭔지는 모르지만. 민희는 가끔 나를 놀렸다. 난 사랑이라도 하지만 넌 사랑도 할 줄 모르고, 자신이 무엇을 원하는지도 모르는 거 같다고.

다 왔어요. 저기 보이는 집이에요.

모퉁이를 돌자 두리안을 든 남자가 앞쪽을 가리켰다. 테라스가 달린 계란색 이층집이 보인다. 사실 은근히 불안했다. 세상엔 여행자를 노리는 사기꾼이나 소매치기가 널려 있었고 짐을 꾸려 새로운 잠자리를 찾는 건 보통 일이 아니었다. 그의 이십 년 근속을 기념하는 여행이었다. 연휴에 연, 월차까지 합해 이십여 일의 휴가를 추려냈는데 큰애의 취직을 자축하는 의미도 있었다. 이 험한 세상에 자식 하나 낳고 키워 안착시킨 가장의 노고를 위로하고 싶기도 했다. 그런데 여행 계획을 세우던 그가 어느 날 엉뚱한 소리를 했다. 관광이나 휴식이 아닌 여행을 하고 싶어. 그러니까 도전을 하고 싶다고. 내 다리로 마음 내키는 대로 걸어 다니고, 로컬 푸드를 먹고, 노숙이나 도미토리를 하는, 험하고 거친 여행을 하고 싶어. 나이 들면 못해볼 것 같아. 자신 없으면 당신은 빠져.

　나더러 빠지라고? 그것도 괜찮을 것 같았다. 남편 없이 혼자 지내는 것. 공기부터 상큼하게 변할 것 같았다. 알았어. 당신 원하는 대로 해. 혼자 가. 흔쾌히 동의했는데 이상했다. 거실 한편에 배낭이 나타나고 택배로 주문한 여행용품이 쌓여가자 마음이 묘해졌다. 떠나야 할 사람은 그가 아니라 나인 것 같았다. 그가 남고 내가 가야 할 것 같았다. 민희와 전화로 수다를 떨면서 그런 속내를 얘기했다. 그는 서재에서 컴퓨터로 바둑을 두고 있었고. 가만히 듣고 있던 민희가 불쑥 물어왔다.

나도 같이 가도 돼?

같이? 예상 못한 말이어서 잠시 당황했다. 점집에서 나온 민희는 사촌 언니의 식당에서 일한다 했는데 어지간히 갑갑할 것이었다. 안 될 이유가 없었다. 세상의 일이란 종종 생각지도 않게 흘러가는 것. 글쎄? 남편이 비행기표를 예매한 거 같던데. 일단 한번 물어볼게. 수화기를 들고 그에게 갔다. 친구 민희가 같이 가고 싶대요. 나도 민희랑 당신 따라가면 안 돼요? 그가 마우스를 쥔 채 나를 보았다. 같이? 몇 초간 내 얼굴을 들여다보더니, 당신이 원한다면 그렇게 하자고 했다. 남편은 따뜻한 사람이었다. 근데 비행기표가 있으려나. 그가 바둑판이 그려진 모니터 화면을 끄고 항공사의 홈페이지를 열었다. 그를 움직이는 내장 시스템이 보였다. 책임감 있고 반듯한 가장에 건전한 시민. 그렇게 하여 우리는 나짱과 훼를 거쳐 이 거리에 들어선 참이었다.

낯선 곳에 도착하면 숙소부터 정해야 안심이 되었다. 정착의 습관인지 숙소 결정을 내가 맡아서인지 모르겠다. 훼에서는 비가 왔다. 우리가 도착하기 전부터 내렸던 비는 그 후로도 이틀 동안 줄기차게 쏟아져 사방이 축축했다. 그에게 짐을 맡기고 빗속으로 방을 찾아 나섰다. 나 짱의 스콜은 산뜻했는데 훼에서는 기온까지 떨어져 오슬 오슬 떨면서 골목을 뒤져야 했다. 내 뒤를 따라오던 민희도 비 맞은 생쥐처럼 기운이 없었다. 그러다 뿌옇게 흩날리는 빗줄기 속에서 하얀 성 같은 걸 보았다. 호텔이었다. 저기서 뜨거운 커피를 마시고 싶어. 민희가 중얼거렸고, 나는 호텔로 들어가 방을 잡았다. 뽀송하고 쾌적한 실내와 고소한 커피를 기대하면서.

호텔의 하얀 커튼과 침구는 우아하고 세련되었지만 습기를 머금어 척척했다. 난방이 들어오지 않았다. 난방시설 자체가 되어 있지 않은 곳이라 차라리 통풍이 잘되는 비 오는 바깥 거리가 나을 정도였다. 그러고 보면 숙소를 정했다고 다 안심이 되는 것도 아니다. 두리안 남자가 가리킨 게스트하우스의 옆 건물은 살구색이었다. 노란색과 살구색 집들이라니. 우리나라에선 보기 드문 색감 선택이 신기했다. 저런 집에는 누가 살까. 다른 피부와 언어, 머리칼. 다른 집에서 다른 파트너와 산다면 삶도 완전히 다를까.

여행자가 계속 늘어요. 인터넷 때문에 조용한 곳이 없다니까요.

두리안 남자가 걸음을 늦춰 우리를 기다리며 말했다. 간식 봉지처럼 들고 있는 남자의 두리안이 사람 머리통같이 보였다. 불만이 많은 사람의 머리통. 울퉁불퉁한 돌기 때문일 거였다. 두리안도 종류가 여러 가지라고 했다.

여기도 이젠 방이 모자랄 지경이에요. 남자의 말에, 전에는 안 그랬나 보죠? 민희가 비음 섞인 소리로 물었다. 유혹의 냄새가 나는 콧소리였다. 눈앞에 보이는 숙소에 민희도 안심이 된 모양이었다. 남자에게 민희의 미끼가 통할까. 열 살쯤은 아래일 것 같은 남자에게 민희가 여자로 보일지 궁금했다.

그럼요. 전에는 방이 늘 남아돌았죠. 그런데 이제는……여기도 떠날 때가 된 건지…… 뒷말을 사리는 남자의 어조가 쓸쓸해졌다. 자조하는 것 같기도 했다. 남자는 민희의 미끼보다 자신의 세계에 빠져 있는 사람 같았다.

그쪽도 여행자세요?

내가 물었다. 노. 난 여기 사는 사람. 올 오브 더 월드. 대답이 연극 대사 같았다. 한국 사회의 긴장과 격식이 거세되고 우리말도 영어처럼 굴려서 발음했다. 이 사람 뭐지? 교포인가. 민희가 눈으로 물어 나도 눈으로 대답했다. 그러게, 좀 이상하네.

도미토리는 마음에 들었다. 휴게실과 식당, 정원이 있고 나무 침대가 나란히 놓인 커다란 룸엔 서양인 두 명이 이어폰으로 음악을 듣고 있었다. 침대는 칸마다 커튼이 있고 개인 독서등도 있었다. 민희가 내게 오케이 사인을 보내고 먼저 벽 쪽 침대를 차지했다. 그와 나는 옆으로 나란히 붙은 침대를 선택하고 배낭을 부렸다. 테라스 너머로 아래층 정원이 보였다. 잎이 큰 열대식물이 무성한 정원은 눈맛이 시원했다. 정원에는 야외 테이블이 있고 두리안 남자가 도미토리 주인과 애기를 나누고 있었다. 위에서 보는 그들은 정원의 이색적인 열대 과일 같았다. 밥부터 먹으러 가자. 그가 전대를 차고 재촉했다. 먼저 내려가요. 도미토리 주인에게는 룸을 둘러보고 숙박을 결정하겠다고 했다. 나와 민희는 간단하게 세수를 하고 편한 옷으로 갈아입고 일층으로 내려갔다. 그도 숙소 주인과 합석해 있었다.

　저 식당은 무슨 속셈인지 모르겠어요.
　두리안 남자가 길 건너의 대장금이라는 한글 간판을 턱짓하며 말했다. 한류 열풍인가. 손님은 없는데 가격은 비싸단다. 식사할 곳을 묻자 남자는 우리를 베트남 식당으로 안내했다. 소문난 집인지 어중간한 시간인데도 손님이 많았다.

여행객 중에 한국 사람이 많아요?

남편이 대장금의 간판을 눈짓하며 물었다. 한국인은 별로 없고 현지 사람은 비싸서 엄두를 못 내는 식당이지요. 뭐 하자는 건지 모르겠어요. 장사를 하자는 건지 말자는 건지. 그럼 위장 업체란 말인가요? 그가 묻자, 글쎄요. 여긴 탈북자들이 거쳐가는 곳이니 알 수 없지요. 두리안 남자가 어깨를 들썩거렸다. 남자의 두리안은 식탁 한쪽에 얌전히 올려졌다. 남자는 월남식 샤브샤브를 추천하고 주문해주었다. 맥주가 먼저 나와 우리는 번갈아 잔을 채웠다.

실례지만 하시는 일이? 여행 중이신가?

첫 잔을 들이켠 그가 물었다. 아니요, 난 여기 사는 사람. 신이 오라고 했어요. 남자가 대답했다. 난 내가 오고 싶어 온 사람. 민희가 남자의 어조를 흉내 내어 덧붙였다. 그렇죠. 대부분 자신의 의지로 나오지요. 남자가 웃지도 않고 수긍했다. 나처럼 신의 계시를 받으면 좋지만, 사람들이 신의 말씀을 못 알아들으니 어쩌겠어요. 내가 천복이 들었다네요. 그래서 이렇게 돌아다니는지도 모르지요.

남자가 클클 웃었다. 취한 건가. 민희가 미심쩍은 눈으로 남자를 흘깃거리더니 옆 의자에 내려놓은 자신의 손가방을 끌어당겼다. 그러고는 가방의 지퍼를 열어 종이와 볼펜을 꺼냈다. 그럼 천복이 들었나 어디 한번 봅시다. 사주 한번 불러보세요. 민희가 식탁 위에 종이를 펼치며 포즈를 잡았다. 남자가 이것 봐라, 하는 표정으로 사주를 불렀다. 민희가 흰 백지에 네 기둥의 한자를 능숙하게 쓱쓱 그리자 남자의 눈에 빛이 모였다. 민희는 점쟁이인 시어머니에게 사주 궁합 보는 걸 배웠다. 눈동냥으로 배운 거라는데 육합을 짚는 시늉이 그럴듯했다. 풀이가 나오자 어조까지 그럴싸하게 사설조로 늘어뜨렸다. 어디 보자……아, 겨울에 태어났는데 화(火)라. 잠시 뜸을 들이더니, 얼씨구 복은 복일세? 추임새도 넣었다. 불을 깔고 났으니 평생 따뜻하게 살 팔자로구먼. 어라, 머리도 비상하네. 어이구, 천복이 들긴 들었네. 그것도 세 개나 들었구먼. 나중에 큰 부자 되겠네. 리듬을 넣더니 갑자기 정색을 하고, 나중에 큰 부자 되면 나 모른 척하기 없기요, 하고 마무리했다.

이 사람 봐. 제법이네. 호물거리던 두리안 남자도 어느새 눈빛이 달라져 있었고 때마침 음식이 들어오기 시작했다. 상추와 팍치, 생채 스프링 롤과 부글거리는 전골 냄비가 줄지어 들어왔다. 네 사람이 먹기에 많은 양이었다. 같이 먹자고, 아무리 권해도 남자는 응하지 않았다. 다 못 먹으면 포장해 가세요. 저녁에 도미토리에서 안주 하면 좋아요. 남자는 끝까지 국물 한술 뜨지 않고 맥주만 홀짝거렸다. 괜히 여행자에게 빌붙어 끼니나 해결하는 사람으로 오해받지 않으려는 결벽증이 자존심과 섞여 완강했다.

커피는 내가 살게요.

식사가 끝나자 두리안 남자가 제안했다. 오버 아닌가. 그의 얼굴이 살짝 굳다가 이내 풀렸다. 민희가 반색했다. 맞아, 복채는 받아야죠. 나는 뭔가 남았을 거라고 예상했다. 그게 아니면 남자는 식당만 안내해주고 사라졌을 것이다. 같이 식사할 것도 아니면서 맥주를 마시면서 기다릴 때 뭔가 남았지 싶었다. 그게 뭔지 알 수 없었다. 높지 않은 건물 사이로 사양(斜陽)이 내려앉았다. 열대의 태양이 내려앉은 골목길을 우리는 두리안처럼 알 수 없는 남자를 따라 걸어갔다.

야~안, 야~안.

두리안 남자는 노래하듯 카페 주인을 불렀다. 마치 사랑하는 새를 부르듯, 한 옥타브 높인 리드미컬한 어조였다. 우리는 카페 입구 노천 테이블에 앉았다. 이 집 분위기와 실내장식 괜찮죠? 론리에 나오는, 커피가 맛있는 집이에요. 남자가 등나무 의자에 등을 기대며 일러주었다.

카페 천장은 중국식 우산으로 장식되어 있고, 어둑한 안쪽 의자에 동양인 남자가 현지 여자와 속닥이고 있었다.

두리안 남자는 우리말을 연음처럼 발음하면서 리듬까지 넣었다. 외국에 나오니 우리말은 그리 리드미컬한 편이 아니었다. 공항의 외국어 사이에서 한국어가 귀에 쏙쏙 들어오는 건 모국어가 익숙한 이유도 있지만 연음이 없어서이기도 한 것 같았다. 남자가 한국어의 모서리를 날리고 리듬까지 넣자 우리말도 노래처럼 들렸다.

안에서 얀이라는 여자가 나왔다. 가는 몸피에 검은 생머리의 전형적인 현지 아가씨였다. 민희와 나는 커피를, 그는 코코넛 쉐이크를 주문했다. 야안. 남자가 눈짓하자 여자는 고개를 까닥하고 안으로 사라졌다. 얀이 떠난 곳에 낯선 향이 희미하게 남았다. 얀은 오빠랑 둘이 이 장사를 하는데, 만족해요. 더 이상 바라는 게 없다고 해요. 얘네들은 신분상승 욕구가 없어요. 자식에게 재산 물려주겠다고 바둥거리지도 않고요. 그가 고개를 끄덕였다. 갈색 향이 나른한 이국의 저녁이었다.

저기가 내 자린데 오늘은 영국 친구가 앉아버렸어. 두리안 남자가 다리를 흔들며 한쪽을 가리켰고, 그 자리에는 헤어밴드를 두른 금발 청년이 앉아 있었다. 금발과 눈이 마주치자, 하이 마이클! 남자가 인사를 건넸다.

마이클도 손을 마주 흔들었다. 한국에서 친구들이 왔어. 어, 그래. 재미있어 보인다. 맞아. 좋은 저녁이야. 너도 괜찮은 거 같은데? 응, 그래. 그런 정도의 인사를 둘은 영어로 주고받았다.

아, 여기선 이게 되는군요. 얀이 반쯤 남은 양주병과 술잔, 안주를 가지고 왔다.

이 도시의 트레킹 코스, 여행자 버스 시간표를 두리안 남자에게 묻던 그가 얀을 보더니 반색했다. 손님이 남긴 술을 보관했다가 들고 온 얀이었다. 친절하네요. 그가 얀을 칭찬했다. 그는 때로 작은 것에 감동했다. 그 작은 것이 때로 그의 밑천 같기도 했다. 남자가 우리 앞에 양주잔을 늘어놓았다. 초록색 호리병에서 빠져나온 양주가 시나브로 뻣뻣한 여행자를 홀리기 시작했다.

얀이 코코넛 쉐이크를 가져왔을 때 그는 이미 양주에 취해서 그의 쉐이크는 내 몫이 되었다. 쉐이크는 순하고 깔끔했다. 얀의 서비스는 쉐이크 맛처럼 과하지도 모자라지도 않았다. 그는 흡족한 표정이었다. 그래요. 친절하고 좋은 사람들이지요. 두리안 남자가 다리를 반대로 꼬며 말했다. 그런데 지켜야 할 게 있어요. 절대 술주정하면 안 되고, 사고 쳐도 안 돼요. 이 사람들에게 신용 한번 잃으면 끝이에요. 그래서 나, 아무리 취해도 실수하지 않아요. 다른 사람과 시비 붙거나 싸워도 안 되겠네요? 민희가 끼어들었다. 그럼요. 싸움은…… 마마랑만 하죠. 전화로. 두리안 남자가, 아마 한 달은 더 싸워야 할 것 같다며 키들거렸다. 들어오라고, 들어와 결혼하라고 야단이에요. 안 들어가요. 왜 들어가. 여기선 골프 치고 차 굴려도 이백, 술 먹고 밥 먹고 자는 데 백 불이면 끝나는데. 한국에선 어림도 없지만 여기선 다 할 수 있어요. 오늘은 이렇게 보내지만. 남자가 이죽거리며 말끝을 흐렸다.

부잣집 아들이신가 봐? 민희가 찔러보았다.

부자? 서울에 아파트 하나 있는 거 세 받아먹고 살아요. 한국에서 패션 디자이너 하다 때려치웠어요. 큰형은 대기업 다니고 둘째 형은 미국에서 교수질 하는데……

이렇게 한 삼 년 나와 있으면 집값이 오르고 다시 갈아타는 거죠. 한국인 인 게 천복이에요. 남자가 미간을 일그러뜨리며 킬킬거렸다.

결혼하는 게 어때서요? 내가 건드려보았다. 결혼 얘기는 누구에게나 회복력이 있으니까. 결혼이요? 마마가 여자 사진 보내고 난린데 천복이 세 개나 들었는데 왜 돌아가요. 내가 태어난 지구는 보고 나서 하건 말건 생각하려고요. 결혼은 왜 하는 거죠? 섹스? 종족 보존? 가족이기주의? 남자가 머리를 흔들며 내게 되물었다.

근데 한국엔 언제 갔다 왔어요? 민희다. 한국? 아, 서울 말이죠? 언제더라. 남자가 머리를 긁적이더니, 남아공 얘기를 꺼냈다.

요하네스버그에서 강도를 만났어요. 소웨토에서. 거긴 경찰 없이 혼자 다니긴 힘든 곳이죠. 지금은 어떤지 모르지만. 뒤에서 누군가 목을 감았는데 정신을 차려보니, 새끼, 아직도 내 호주머니를 뒤지고 있더라고. 그다음? 뻔하죠. 경찰서로 갔어요. 쓰리 당했다, 완전 빈털터리다, 날 대사관으로 보내라, 했죠. 영사란 새끼가 오더니 뭐라는 줄 알아요? 김태희를 아냐고 묻더라고요. 김태희? 그게 누군데? 내가 왜 걔를 알아야 하는데? 따졌더니, 김태희도 남아공에 왔다가 쓰리를 당했다는 거예요. 그게 어쨌다는 건지. 어유. 그런 놈이 영사라고 질문하는 꼬락서니하고는. 나이도 나보다 어리더라고. 그때 한 번 들어갔지요. 대사관에서 한국으로 날 보낸 거죠. 요금은 후불. 그렇게 들어갔다가 바로 다시 나왔어요. 그때가 언제더라. 얀이 다가왔고 얘기가 중단되었다. 얀은 커피 두 잔을 내려놓았다.

야~안. 나 사랑해?

남자의 장난에 그의 눈빛도 흔흔하게 풀어졌다. 얀이 싱긋 웃으며 고개를 살랑살랑 흔들었다. 그녀의 미소에 은은한 곽치 향이 나는 것 같았다. 독특한 곽치의 맛과 향. 나는 진한 더치커피와 쉐이크, 양주를 차례로 홀짝거렸다. 먼저 취할 수 없었다. 맛과 향이 각각 다른 액체는 진했다. 얀이 물러나고, 화제는 이중국적에서 정부의 실정과 대통령의 사생활로 건너뛰었다.

혼자 음악을 듣고 있던 영국인 마이클이 카페를 나가며 인사를 보냈다. 씨 유 마이클. 두리안 남자가 취중에도 총기 있게 응대했고, 민희가 끼어들었다. 마이클, 바이. 민희는 잘 가가 아니라, 만나서 반가워, 라고 하는 것 같았다. 헤어밴드로 노란 머리를 묶은 마이클이 민희를 내려다보았다. 발갛게 웃고 있는 취한 동양 여자를 유심히. 마이클의 눈에 민희는 어떻게 보일까. 노란 얼굴의 호기심 덩어리? 영국인이 미련이 남은 표정으로 금발을 흔들며 돌아섰다.

이곳 사람들, 한국 여자 좋아해.

두리안 남자가 말했다. 한번 만져봐도 돼? 라고 묻기도 하죠. 그래? 민희의 콧소리가 살짝 올라갔다. 지금 마이클, 여자 기다리다 바람 맞고 가는 거지? 민희의 도발에 그가 움찔했다. 민희 씨! 쉿! 들려요.

괜찮아요. 한국어 못 알아들어요. 남자가 두둔했다. 내가 꼬셔볼까, 마이클? 민희가 야릇하게 웃었다. 마음대로. 두리안 남자가 안쪽의 동양인 커플을 눈짓하며, 저기 일본인도 저 여자 산 거예요. 영어도 못해요. 그래도 상관없더라고요. 건들거리자, 민희가 흐응 콧소리를 냈다.

나도 여자 사본 적 있는데 여기 레이디 보이 많아요. 거어디지. 파타야의 성전환자들보다 더 예뻐. 여기는 수술도 안 해요. 그런데도 아주 예쁘지. 표시도 안 나요. 뭔가 이상해서 너 벗어봐, 그랬더니 안 벗는 거야. 그때 알았어요. 여기서는 한 번 하는 데 만 원. 싸요. 그보다 더 싼 곳도 있고요. 연애는 입으로만 하는 게 아니잖아. 민희의 눈

꼬리가 길게 늘어졌다.

 이게 왜 여기 있지?
 눈을 찌르는 햇살에 돌아눕자 무언가 팔에 걸렸다. 두
리안이었다. 슬며시 잠이 달아났다. 우리는 어젯밤 늦게
헤어졌다. 헤어질 때 남자가 내게 두리안을 주었다. 두리
안을 좋아하느냐, 일단 맛을 들이면 중독성이 있다고 했
던가. 가까이에서 봐도 두리안은 사람 머리통 같다. 나는
어제 이 두리안과 같이 잤나 보다. 이 울퉁불퉁한 것과.
하긴 평소에도 베개를 두 개씩 놓고 자는 버릇이 있긴 했
다. 넌 네가 무엇을 원하는지도 모르잖아. 민희의 말이 생
각났다. 하긴 내가 모르는 게 그뿐인가. 어제 헤어진 두리
안 남자의 이름이나 연락처도 모른다. 피차 묻지 않았다.
두리안 위에 가만히 손을 얹어본다. 어젯밤, 휘적휘적 멀
어지던 남자는 훼의 이동가옥 같았다. 훼에 이틀 연속 비
가 내리자 우리는 비옷을 입고 돌아다녔다. 훼의 비옷은
한국의 그것과 달리 무겁고 질겨서 갑옷 같았다. 민희와
나는 갑옷 같은 비옷을 입고 그가 이끄는 대로 고성(古城)
을 돌아다녔다. 세계문화유산에 등재되었다는 유적은 폐
허처럼 무너진 성터에 관광객만 드문드문 있었다. 그런데

어느 순간 안개 사이로 희끗한 사람들이 이동가옥으로 보이는 거였다. 민희도 그도 그랬다. 하나의 갑옷은 하나의 집 같았다. 자신의 존재를 지고 떠도는 이동가옥. 두리안 남자는 우리와 다르게 사는 것 같았다. 그와 나는 먹고살기 위해 서로를 소진하는지도 몰랐다. 두리안 남자는 먹고사는 것 너머의 인생을 헤집고 다니는 것 같았다. 울퉁불퉁한 돌기가 손안에서 삐죽거린다. 훼의 이동가옥처럼.

알아서 드세요.

민희가 안주 접시와 라오주 한 잔을 그에게 건넨다. 마지막 만찬이네요. 그도 민희의 잔에 라오주를 부어준다. 둘은 밤마다 대작했다. 내일이면 우리는 이 도시를 떠나 북쪽 산악지대로 올라갈 것이다. 노르스름한 라오주 한 잔에 그가 부르르 몸을 떤다. 가정집에서 만든 상표도 없는 라오주는 고량주만큼 독하다. 얀의 카페에서 돌아오는 길에 라오주와 안주를 샀다. 두리안 노점 앞에서 민희가, 이건 아무나 못 먹는다고 말렸다. 우리 남편은 아무거나 잘 먹어, 평생 반찬 투정 한번 한 적 없어. 나는 우겼다. 역시 그는 안주로 물컹한 두리안부터 집는다. 민희가 입을 비죽거리며,

아무거나 잘 먹는다는 말, 사실 욕이잖아요.

말은 그에게 하지만 실은 내게 시비를 걸었다.

그건 맛없는 것도 잘 먹는다는 말인데, 그게 좋은 거예요?

나는 민희를 흘겨보고 그는 소리 없이 웃었다. 알아서 드시라. 이 말이 나는 더 좋더라. 괜히 생각하는 척하지 않아서. 민희의 말에 그는 여전히 웃기만 한다. 정원에서 꽉치 냄새가 올라온다. 이곳에서는 귤이나 공기에서도 꽉치 냄새가 났다. 내일이면 우리는 르아로 가서 본격적인 트레킹을 할 것이다. 민박과 야영을 하고 그의 계획대로 와일드한 여행을 시작할 것이다. 편안한 여행의 끝, 마지막 만찬이다. 이 밤이 길었으면 싶기도 하고, 후딱 지나가 버렸으면 싶기도 하다. 이거 어디서 샀어요? 내일 한 병 사가야겠네. 그가 노란 라오주 병을 들여다본다. 그는 단지 라오주가 있는 곳을 떠나는 게 아쉬운가. 내일 내가 한 병 선물해드릴게요. 민희가 나선다.

됐네요. 너나 알아서 드셔. 이 사람은 가는 곳마다 그 지방의 술을 마시는 게 낙인 사람이니. 내가 막아선다. 그는 알코올 중독이다. 흥! 민희가 코웃음을 친다. 나는 구운 바나나를 우적우적 씹는다. 구운 바나나는 군고구마

맛이 난다. 매운 연기로 익은 것은 박력 있는 불내를 껴안고 있다. 박력 있는 불 냄새에는 눈물도 숨어 있다.

제법 마시네요. 이거 센 술인데. 민희 씨, 오늘 밤 취하는 거 아니에요? 그가 걱정한다. 그는 민희의 술 실력을 모른다. 그만 모를 뿐, 민희는 그보다 술이 세다. 저녁마다의 대작에 취한 그가 뻗으면 민희는 그제야 나를 일으켜 세웠다. 우리는 그가 잠든 사이에 동네를 휘젓고 다녔다. 그러다 얀의 카페까지 갔는데, 사흘을 가도 그 남자는 보이지 않았다. 누구에게 물어보기도 그랬다. 마이클은 현지 여자와 맥주를 마시다 알은척을 했고, 구석에 앉아 있던 일본인도 보았는데 두리안 남자만 나타나지 않았다.

떠날 때가 되었다고 하더니, 정말 어디로 가버린 거야?

사흘째 허탕을 치자 민희는 사기라도 당한 것처럼 씩씩거렸다. 카페도 첫날은 얀이, 다음 날은 얀의 오빠가 지키고 있었다. 얀의 오빠가 있는 날은 분위기가 달랐다. 배우가 바뀐 연극처럼 음악이 시끄럽고 서비스는 거칠었다.

두리안 남자와 헤어진 다음 날부터 우리는 이 도시를 답사했다. 오지 마을까지 다녀왔는데 거기는 두리안이 없었다. 두리안이 사라지자 다른 나라에 온 것 같았다. 나도 모르는 사이에 두리안을 찾고 있었다. 그가 내일의 르아 트레킹 일정을 체크하던 오후, 민희와 나는 쇼핑을 하고 오겠다며 나왔다. 하긴 오늘도 허탕이라고 할 수는 없겠다. 카페에 들어서자 얀이 쪽지 하나를 건네주었으니까. 쪽지는 그가 첫날, 두리안 남자에게 물어본 여행자 버스의 시간표였다.

실종된 건 아니네.

민희가 빈정거렸다. 인터넷으로 찾기 어렵고 도미토리 주인도 모른다던 시간표였다. 카페에서 나와 은행 비슷한 건물을 지날 때였다. 거짓말처럼 그 남자가 보였다. 환영이었는지도 모르겠다. ATM 기계 옆을 지날 때 서울이나 도쿄에서 출장 온 상사원 같은 사내가 우리 곁을 스쳐 갔던 것이다. 안녕하세요. 앵커처럼 산뜻한 서울 말씨였다. 민희와 나는 소리가 지나간 쪽으로 고개를 돌렸다. 남자의 뒤태에는 사무적인 절도 같은 것이 흘렀다. 몇 발자국 지난 후에야 민희가 발을 멈추고는,

시간표 고마워요!

다급하게 소리쳤다. 저만치 멀어진 남자가 손을 치켜들었다. 뭘요. 고개는 돌렸던가 아니던가. 뭘요. 짧은 한마디였지만 말의 모서리가 깍듯하고 반듯해서 냉연한 품위

같은 게 서려 있었다. 술기가 전혀 없는 남자에게서, 불만 많은 누군가의 머리통 같던 두리안은커녕 호두알만큼의 빈틈도 보이지 않았다.

돌아오는 길, 나는 괜히 매운 연기를 피워 올리는 노점상 앞에 멈추어 섰다. 양고기와 구운 바나나를 파는 석쇠에서 하얀 연기가 혼령처럼 피어올랐다. 그래. 취해도 절대 실수는 하지 않더군. 라오주와 두리안을 사며 혼자 소리로 이죽거렸다.

내일 아침 일찍 출발할 거예요. 오늘 짐을 다 꾸려놓은 거죠?

그가 양꼬치를 집으며 민희를 체크했다. 내일부터 시작이에요. 지금까진 워밍업이었고요. 입가에 양고기 기름을 묻힌 그가 채근했다. 키가 작은 민희는 술이 취하자, 어깨가 점점 내려앉았다. 알코올이 들어갈수록 앉은키가 줄고 옆으로 퍼졌다. 별로 이쁘지는 않아도 연애는 잘하는 민희. 이제 시작이라고요? 몽롱한 소리로 그녀가 되물었다. '이제 시작'은 그가 잘 쓰는 단어다. 첫째가 취직해 집을 떠날 때, 둘째가 고3이 되었을 때 그리고 내게. 다시 한번 도약을 해야 할 때마다 그가 자신과 가족에게 거는 주문이었다.

내일 르아로 가면 본격적인 여행이 시작될 거예요.

그의 눈에 열기가 떠오르는데 나는 이상하게 힘이 빠진다. 여행은 이제 팔 일이 지났다. 나는 내일 안 가요. 민희가 툭, 뱉었다. 이게 무슨 말인가. 그의 눈이 동그래진다. 민희는 여행자 버스 시간표를 그에게 주지 않았고, 두리안 남자를 만났다는 말도 하지 않았다.

나는 여기 있겠다고요.

민희가 한 번 더 주절거린다. 민희 씨 취했어요? 그가 민희를 살펴본다. 여기서 좀 더 지내자는 거예요? 그가 채근한다. 민희는 대답 없이 라오주를 홀짝 마시고는 고개를 어깨 사이에 묻어버린다. 할 말이 없다는 듯. 아니, 하고 싶지 않다는 듯. 민희의 키는 더 작아지고 더 볼품없어진다. 그가 나를 돌아본다. 어떻게 좀 해봐. 힐난의 눈초리다. 나는 포크를 집어 두리안에 꽂는다. 내가 이걸 먹을 수 있을까. 삶은 고구마 같은 두리안 조각은 미끄덩거리며 내 포크를 빠져나간다. 다시 한번 포크를 찔러 넣지만 이번에도 두리안은 옆으로 미끄러진다. 나는 아예 맨손으로 두리안 한 조각을 집어 입에 넣는다. 양파 썩는 것 같은 맛과 미끄덩한 육즙이 잇새에 좍 감긴다. 나의 딴청에 그는 어이없어 하면서도 민희부터 다독인다.

민희 씨, 마이클 때문입니까?

민희가 까르르 웃는다. 두리안 남자가 얀을 부르던 소리만큼 낭랑한 웃음이다. 그의 얼굴이 벌게진다. 그는 우리가 밤마다 얀의 카페에 갔던 걸 모른다. 그건 나도 잘 모르는데요. 마이클이야 가는 곳마다 있지요. 민희의 대꾸에 그가 날카로운 눈으로 나를 본다. 네 친구를 어쩔래 하는 듯이.

넌 어쩔래?

민희가 내게 라오주를 건넨다. 서방님 따라갈래? 나랑 여기 있을래? 그가 이번엔 민희를 쏘아본다. 그녀와 사전 모의 같은 건 없었다. 어쨌건 나는 예쁘지 않고 젊지 않은 민희가 남자에게 어떻게 다가가는지, 깨진 사랑을 뒤로하고 어떻게 다시 새로운 연애를 시작하는지 궁금하다. 지금 뭐 하는 겁니까! 그가 버럭 소리를 지른다. 물이 끓으면 이미 물이 아니듯 민희는 내가 아는 그녀를 어느 순간 넘어선다. 여행은 고작 팔 일이 지났고, 아직 절반 이상이 남았다. 이상한 밤이다. 처음 보는 민희의 모습과 분노로 부글거리는 그를 거들지 않는 나도 그렇다. 정말 이상한 마지막 테라스 만찬이다.

송어회는 이 인분

친구가 연말 여행에서 돌아온 지 사흘째 되던 밤. 나는 캄캄한 창을 보고 누워 친구의 귀가를 기다리고 있었다. 겨울 해는 쉽게 져서 어둠은 급하게 찾아왔고, 친구는 어둑한 밭에서 당근, 시금치, 뿌리가 하얀 대파의 흙을 털어 내고 있을 거였다.

이러다 죽을 수 있겠구나. 생은 나의 의지와 상관없이 밀려갔다. 외롭거나 쓸쓸함이 문제가 아니었다. 외로움이나 쓸쓸함은 피부처럼 뗄 수 없는 것이지만 죽을 때까지 명이 남은 육신의 처치가 문제였다.

병원에서 퇴원하자 내 몸을 처리해야 했다. 내 건강은

도시를 견디지 못했다. 막막한 심정으로 친구에게 전화를 했다. 친구는 밭에서 내 전화를 받았다. 너희 동네에 빈방이 있니? 왜? 친구가 물었다. 기관지와 폐가 안 좋아. 공기 좋은 곳에서 요양해야 해. 친구는 일단 오라고 했다. 친구의 시골 농막에 도착하자, 친구는 점심을 먹었는지 물었다. 병원에서 퇴원 후 밥맛을 잃었다. 반찬이 없다며 친구가 늦은 점심을 내왔다. 산호자와 젓갈, 열무 물김치……뒷산에서 따 왔다는 산호자는 처음 보는 잎채소였다. 늦은 점심을 먹자 커피와 과일이 나왔다. 디저트까지 먹고 나니 해가 기울었다. 그날은 친구 집에서 잤다. 다음 날 꿈도 없는 늦잠에서 일어나니, 친구가 아침상을 들이밀었다. 밭에서 키운 채소로 만든 반찬은 순하고 심심했다. 점심때가 되자 친구는 둥그런 무쇠 번철에 더덕과 도라지, 당근, 버섯 따위를 올렸다. 밭에서 나온 뿌리채소들이 철판에서 노릇노릇 몸을 뒤집었다. 느지막이 두 끼를 먹고 나니 겨울 해가 내려앉았다. 나는 순순히 어둠의 볼모가 되어 다시 하룻밤을 묵었다. 그렇게 친구 집에 눌러앉아 있었다.

　겨울 밭엔 별로 먹을 게 없어. 어둑해져서야 밭에서 돌아온 친구는 연말 여행 얘기를 들려주었다. 나는 응응, 건

성으로 대꾸하며 들었다. 여행기는 평범했다. 새로울 게 없는 얘기였다. 그런데 이상했다. 검은 창을 보며 누워 있자니, 며칠 전에 들었던 친구의 여행 얘기가 떠올랐고 괜히 웃음이 나왔다. 그러니까 강원도에 가서 송어회를 먹었다는 얘기였다. 바다회만 먹던 사람이 강원도 내륙으로 놀러 가 처음으로 민물회를 먹었다는 거였다.

딸의 전화를 받았다. 방학을 했고 집에 오겠다고 했다. 이번에는 그냥 서울에서 쉬어. 나는 만류했다. 몸보다 정신의 허기가 더 크단 말이야. 딸은 기어이 내려왔고 친구의 농막에서 일어나 집으로 돌아왔다. 친구의 시골집에서 내 집까지는 한 시간 정도 거리였다.

예. 이사 갔어요…… 범어사 근처요. 좋은 데 갔네. 아, 예. 딸이 말없이 웃었다. 국밥집 주인의 어조는 낮아서 알아듣기 힘들었다. 국밥집 주인이 딸과 내가 식사를 하는 근처에서 테이블을 닦고 냅킨을 보충하는 등 일을 하면서 딸에게 말을 건넨 모양이다. 딸이 범어사 근처로 이사를 갔다고 할 때에야 나는 식당 주인이 우리에게 말을 걸었다는 걸 눈치 챘고 그제야 좋은 데 갔네, 하는 주인의 목소리가 들렸다. 딸은 웃음으로 응답했고.

　오랜만에 가니 할머니가 반가운가 봐. 국밥집을 나와 딸이 소근거렸다. 식당 주인은 우리를 기억하고 있었다. 육십대 후반쯤으로 보이는 주인을 딸은 할머니라 불렀다. 나는 딸에게 돼지국밥이 아니라 친구의 산호자 쌈을 먹이고 싶었다. 급히 오느라 농막의 장독에서 동치미만 퍼 왔는데, 산호자가 내 식욕을 살린 것처럼 딸도 그걸 먹으면 회복될지 모른다. 몸보다 마음의 허기가 크다니.

　교사인 딸은 방학이면 외국으로 떠났다. 삼 년 전부터는 발리만 연속으로 다니며 서핑 강습을 받았다. 지난여름엔 나도 딸과 동행했는데 그때 우리는 지진을 만났다.

　아까 할머니가 뭐랬는데?

　국밥집에서 딸이, 범어사 근처요, 라고 대답하던 게 떠올라서 물었다. 왜 요새는 자주 안 오냐고 묻던데. 그래서 이사 갔다고 했구나.

　국밥집은 전에 살던 동네의 단골 식당이다. 이사를 하고 이 년 정도 가지 못했는데, 당시에는 남편이 외국에 파견되기 전이고 딸도 대학 졸업 전이었다. 우리 세 식구는 가끔 그 식당에 갔는데 오래된 아파트 단지의 국밥집 국물이 깔끔했다.

삶에는 여러 층위가 있다. 바닷속에 조류가 있어 물길이 여러 개인 것처럼 사람살이도 그런 것 같다.

나는 잘 듣고 잘 보는 딸이 신통하다. 딸아이는 나와 다른 층위에서 살았다. 잘 보이고 잘 들리는 딸은 상위의 조류를 타지만 정작 본인은 그게 복인 줄 모른다. 당연한 것으로 여기고 자신에게 없는 것을 찾아 헤맨다. 멋진 남자친구나 똑똑함, 예술적 재능 같은 것.

국밥집 주인은 말수가 적고 어조도 낮다. 자신감이 없는 건지 늙어서인지, 본래 입이 무거운 사람인지 잘 모른다. 나는 약간 난청이다. 목소리 낮은 사람이 입을 열면 나도 모르게 긴장이 되었다. 그의 말을 듣지 못해 실수를 할까 봐. 그러나 난청은 신경 쓴다고 해결되는 것이 아니다. 괜히 혼자 애쓰는 것이다.

나는 시력이 나쁘고 청력도 나쁘다. 딸이 아니었으면 식당 주인이 무슨 말을 했는지도 몰랐을 거다. 그러면 주인은 혼자 오해할 수 있겠지. 왜 내 말을 무시하지, 하며. 내가 자기 비하를 잘하는 편이니 남도 그럴 거라 생각한다.

난청은 오래된 나의 슬픔이다. 묵은 슬픔은 바래거나 늙지도 않고 면역이 생기지도 않는다. 죽으면 끝이 나려나. 끝나서 면이 필요 없거나 사그라져 면해지는 역(疫). 나는 낮은 말을 잘 들어주는 사람이고 싶다. 그러나 그런 섬세한 복을 나는 타고나지 못했다. 내 몸은 내가 선택할 수 있는 게 아니었다.

혼자 중얼거리는 말, 문장이 되지 못한 한숨, 몸의 어딘가에서 기포처럼 솟아나 어디에도 닿지 못하고 흘러내리는 독백이나 무장 해제의 웅얼거림. 낮은 소리일수록 진심 혹은 진실에 가깝다. 큰 소리일수록 위선이나 선동, 가식이나 부끄러움, 이기심, 공명심 같은 것일 가능성이 높다.

딸이 아니었으면 식당 주인이 내게 말을 건넨 것도 몰랐을 것이다. 혼자 일방적으로 인사하고 가게를 나왔겠지. 잘 듣고 잘 보는 딸이 있어 든든하다. 찌그러진 깡통처럼 납작하던 마음이 반듯하고 빵빵하게 펴진다. 딸이 다른 사람을 사려 깊게 대하는 모습은 보기에 좋다. 내가 그런 대접을 받는 것 같아 행복해진다. 그런 게 행복일 게다. 딸이 옆에 있으면 나는 최적의 무기를 가진 무사가 된 기분이다. 터무니없이 세상과 맞서볼 만하다는 호기까지 생길 지경이다.

국밥집 주인은 측은해 보였다. 좁은 식당에서 반복적인 노동을 하면 얼마나 갑갑할까. 하지만 그녀는 오늘 달라 보였다. 자신의 몸으로 가게를 꾸릴 수 있으니 상위 조류의 사람이었다. 돼지국밥 한 그릇으로 끼니와 술안주까지 해결하는 노인부터 청소원, 리어카 행상, 노무자도 이제는 부럽게 보인다.

할머니는 여전하시네.

딸이 할머니라 칭하지만, 식당 주인은 나와 비슷한 연배일지 모른다. 우연히 그 식당에 드나들기 시작했을 때 그녀는 이미 늙어 있었다. 멋내기를 포기한 차림새와 자신감 없는 어조, 다리를 끄는 걸음걸이가 나이 든 여인이라 여기게 했다. 그러나 오늘, 주인은 그렇지 않았다. 식당이 문을 닫은 게 아닐까. 조바심을 하며 찾아간 옛 동네에, 식당은 떠나오기 전의 모습 그대로 남아 있었다. 송년 따위와 상관없다는 듯, 흐릿한 형광등 밑의 대형 솥 앞에서 주인은 진공 포장된 상품처럼 변함없이 국물을 토렴하고 있었다.

그곳은 이 년 전에서 시간이 정지한 것 같았다. 나는 더 이상 늙지 않은 주인 여자에게 나를 비춰보았다. 앓고 나서 나는 숙숙 늙었다. 오죽하면 심한 근시인 내 눈에도 진이 빠져나가는 스스로가 보일 지경이었다. 몇 달 사이, 성큼성큼 쇠락해 나는 이제 식당 주인과 동년배쯤으로 보인다.

국물 맛도 여전하네요.

딸이 흡족한 듯 말했다. 종일 굶고 서울서 부산까지 내려 온 허기가 돼지국밥 한 그릇에 해소된 목소리였다. 사람의 몸은 정직하다. 그래 강원도 여행이 부러웠어요? 발리도 다녀오신 분이? 포만감으로 여유가 생긴 딸이 나를 놀렸다. 송어회 노래를 부르시고? 송어회에서 수박 향이 난다고요?

송어회는 수박 향이 나면서 색깔이 연어처럼 빨갛더라. 친구가 말했다. 딸이 내려오기 전 친구는 동생 가족과 여행을 다녀왔다. 나도 민물회는 찜찜했거든. 그래서 초고 추장에 비볐지. 야채를 몽땅 넣고. 그랬더니 비린내가 안 나는 거야. 바다회와는 다른 맛이었어. 맛있더라.

친구의 조카는 강원도 정선에서 스키를 타고 있었는데 휴가의 마지막에 효도관광을 하기로 작정했다. 조카(친구 동생의 아들)가 제 부모를 픽업하러 고향 집으로 오자, 동생(조카의 엄마)은 언니에게 동행을 강요했다. 혼자 사는 언니를 두고 갈 수 없었다.

어유, 근데 숙소에 도착하니 내 동생이 캐리어의 비밀 번호를 모르겠다는 거야. 제부는 옆에서 기다리지. 나는 그냥 키를 부수자고 했어. 조카가 말리더라. 자기가 번호를 찾을 수 있다면서. 조카는 1에서 0까지 칠백 몇 번이나 키를 돌려 기어이 번호를 찾아내더라. 짜증 한번 내지 않고. 그러고는 제 엄마 폰에 번호를 저장해주는 거야. 요즘 그런 애가 어디 있니. 그뿐 아니야. 조카는 우리를 데리러 강원도에서 농막까지 일부러 내려왔더라고. 우리가 운전해 가겠다고 해도 자신이 운전을 좋다한다면서.

그런 아들에게 내 동생은 온갖 잔소리에다 간섭을 늘어놓는 거야. 반찬과 부식은 바리바리 싸가서 아들을 꼼짝못하게 하고. 눈썰매는 노, 식당을 예약해 놓았다고 해도 노, 내가 돈을 내겠다고 해도 노. 그럴 거면 거기까지 왜 간 건지, 황소고집이더라. 제부도 아들도 손을 들었어.

결국 조카가 예약한 식당의 송어회를 포장해 오기로 했

어. 성수기라 취소가 안 되었거든. 그러자 동생이 일 인분만 사 오라는 거야. 너 먹을 것만 사 와. 우리는 민물회 안 먹어, 못 먹는다고. 조카는 예 예 하고 나가더라. 나도 제부도 민물회는 찜찜하긴 했어. 학교 때 디스토마 걸린다고 배웠잖아. 어쨌건 포장해 온 송어회를 버릴 수는 없어서 내가 야채를 듬뿍 넣고 초고추장에 비볐지. 그러자 비린내가 안 나는 거야. 색다른 맛과 향이 있더군. 결국 넷이서 소주까지 마시며 다 먹어 치웠지. 모자랐으면 서운했겠더라. 근데 일 인분이 아니었나 봐. 예 예 하더니 사 인분을 포장해 왔던가 봐. 어유 지금도 입에 침이 도네. 내 동생은 황소고집인데 아들은 어찌 그리 착한지. 돌이켜봐도 평범한 얘기였다. 그런데 이상도 하지. 친구 농막에서 혼자 누워 그 얘기를 떠올리며 나는 왜 웃었을까.

딸은 내가 친구의 여행을 부러워하는 것으로 들었나 보다. 친구의 여행이 부러웠던 건 아니다. 친구는 아픈 나를 두고 떠나기를 주저했는데, 나는 혼자 있는 게 좋다고 했다. 사실이었다. 아플 때는 혼자 있는 게 편하다. 보호자나 간병인도 신경이 쓰인다. 친구는 사백여 평 농지에 채소 농사를 지었다. 남편은 암으로 사별했고, 세 자녀는 진작 출가했다. 친구의 과제는 남은 삶을 잘 사는 것이고, 주 관심사는 출가한 세 자녀와 그 식구들 그리고 농사다. 자녀들에게 제공할 김장이나 반찬 만들기 같은. 친구와 한 시간쯤 수다를 떨면 화제는 동이 나, 비슷한 내용이 반복된다. 그러니 친구와 여행하고 싶다고 생각한 적이 없다. 화제가 뻔하고 단조로우니. 내가 원하는 것은 내가 접하지 못한, 상위 조류의 삶과 사람이다.

게마르에게 문자가 왔네?

새해 아침, 떡국을 끓였다. 생굴의 향과 참기름 냄새에 새해라는 실감이 왔다. 딸은 핸드폰을 들고 식탁에 앉았다.

게마르?

오랜만의 이름에 발리의 파도가 우울렁 일어났다. 하얗게 일어난 파도가 보드를 밀고 나갔고, 떡국과 동치미까지 밀려간다. 으아. 딸이 동치미를 한술 떠 입에 넣더니 진저리를 친다. 이 맛이야. 나는 게마르가 동치미처럼 서늘했다.

게마르는 지난여름 덴파사르 공항으로 딸과 나를 픽업하러 왔던 서퍼다. 나는 봉고차를 몰고 온 게마르가 노인인 줄 알았다. 앙상한 몸에 작은 키, 물 낡은 티셔츠와 맨

발, 슬리퍼 때문이었다. 여기선 노인도 운전을 하니? 딸에게 작은 소리로 묻자, 아이가 실례라며 내 옆구리를 찔렀다. 한국말 알아들어. 게마르는 스무 살 정도일 거야. 딸이 소곤거렸다. 서핑숍에 나이 든 사람은 없어. 사장도 이십대야. 놀라웠다. 게마르는 서핑 강사라고 했다. 아니 저렇게 종이 같은 몸으로 어떻게 보드를 타니? 여기 사람들은 거의 다 그래. 여기선 태어나자마자 서퍼야. 바다에서 살고, 바다가 놀이터고 직장이거든. 몸이 얇아서 물에 잘 뜨는 거야? 농담이랍시고 던진 말에, 딸은 이미 기분이 상해 새침하게 대꾸했다. 그럴지도 모르지.

딸은 새벽부터 서핑 강습을 받았다. 물때에 맞추느라 새벽에 시작된 교습은 정오 무렵 끝났다. 점심때쯤 숙소에 돌아와 쉬고 있으면, 숍에서 새벽에 강습한 동영상과 사진을 전송해주었고 딸은 자료를 돌려보며 연습했다. 아이는 보드에서 자꾸 미끄러졌다. 신기한 것은 그러면서도 오뚜기처럼 일어나 보드에 기어오르는 것이었다. 낯설었다. 영상 속의 딸은 평소의 여린 아이가 아니었다.

폼이 왜 이래?

아이의 집념에 놀라면서도 나는 시치미를 떼고 놀렸다.

아이의 독기를 말하기 그랬다. 엉덩이가 무겁네? 영화나 다큐 속의 서퍼들은 새 같던데? 딸이 반발했다. 엄마. 이 정도 하기도 어려워. 강사들은 코리안 걸 베리 나이스라고 칭찬한단 말이야. 나도 안다. 아이가 얼마나 열심히 보드로 기어오르는지. 영상을 봤으니까.

그런데 이상했다.

자기가 서핑을 잘한다고 우기던 딸은 금방 태도를 바꾸었다. 아냐, 아냐. 나 못해. 자존심이 센 아이였다. 그런데 느닷없이, 나 물이 무서워서 보드 위에서 쩔쩔매, 하고 수그러들었다. 이상한 일이었다. 대체 무엇이 딸을 변하게 한 것일까. 아니, 네가 아니고 네 엉덩이가 무서워하는 거 아냐? 나는 괜히 핀잔했다. 나는 수영을 배우기는커녕 물에만 들어가면 손발에 쥐가 나서 입수조차 못하는 겁쟁이다. 그러니 선수급 수영 솜씨에 서핑까지 배우는 딸이 대견했다. 하지만 보드에 오르는 딸의 독기를 꺾어버린 갑작스런 겸손은 납득이 가지 않았다.

딸이 파도 위에서 중심을 잡으려 애쓰는 동안, 나는 호텔 인근을 돌아다녔다. 발리에서의 호사와 자유는 분명

다른 층위의 삶이었다. 하지만 그걸 위해 내가 발리에 간 것은 아니었다. 딸이 발리에 가겠다고 했을 때 나도 짐을 꾸렸다. 혼자 떠날 계획이었던 딸은 어이없어하며, 엄마, 왜 이래요? 방학 때 좀 쉬어야 또 한 학기를 견딜 거 아니우? 오히려 내게 사정했다. 나도 지지 않았다. 발리가 네 거야? 내 알아서 놀 거야. 너 귀찮게 하지 않아.

내가 남들처럼 멀쩡한 시력과 청력을 가졌다면 딸은 나를 떼어놓고 갔을 것이다. 발리니스 보이들을 거절하듯 단호하게. 하지만 나는 귀와 눈이 어두운 사람. 혼자 여행하기 불가능한 아래층 층위의 사람. 딸은 평소 그런 엄마를 측은해했으므로 끝까지 거절하지 못했다.

나는 딸의 상위 조류에 편승하기 위해, 발리행에 동승했던 것은 아니다.

하지 마, 하지 마.

어느 날 소파에서 낮잠을 자던 딸이 소리를 질렀다. 악몽을 꾸는가. 나는 아이를 깨우려다 그대로 지켜보았다. 뭐라고 헛소리를 하는지 더 듣고 싶었다. 그 무렵 아이는 실연을 겪고 있었다. 주말마다 집에 내려왔고, 초점 없는 눈으로 멍하니 앉아 있거나 깊은 한숨을 내쉬었다. 좋은

버릇 아니다, 가볍게 지적하자 파르르 반발했다. 한숨이
건강에 좋대요! 전에 없던 날카로움이었다. 그랬는데 자
면서 헛소리까지 하다니. 병원 치료라도 받아야 하나. 고
민할 즈음 발리의 서핑숍에 등록했노라 했다. 혼자 보내기
그랬다. 옆에서 지켜보아야 할 것 같아 동행을 고집했다.

게마르가 뭐라는데?

새해 복 많이 받으라네. 대답이 시큰둥했다. 새해 인사
는 며칠 전부터 여기저기서 날아왔다. 보험회사, 어느 기
관에서 단체로 뿌리는 홍보성 문자 등. 올겨울엔 니하스
에서 캠프가 열린대. 딸이 덧붙였다.

니하스?

물에 젖은 고무 같은 피부의 서퍼들이 떠올랐다. 니하
스는 게마르의 고향이다. 게마르뿐 아니라 서핑숍 사장과
아리온도 수마트라의 니하스 출신이라 했다. 그들 발리니
스 보이들은 조류와 물때에 따라 서핑 스쿨을 옮겨 다녔
다. 화산섬의 파도와 바람, 기상에 서핑 캠프의 위치가 좌
우되었다. 새해 인사가 아니라 홍보지 뭐. 딸이 이죽거렸
다. 단순한 홍보는 아닐 것이다.

딸은 발리니스 보이들에게 인기가 많았다. 예쁘고 날씬

하고 매너가 좋은데다 혼자 온 고객이라 저녁마다 유혹이 빗발쳤다. 오늘 뭐 하냐, 같이 놀자. 파티에 오지 않을래? 나를 발리의 남자 친구로 선택해. 보이들은 지치지 않고 대시했다. 아리온은 우리가 철수할 때 공항에 데려다주겠다고 했다. 딸이 거절하자, 그럼 다음 생에 만나, 눈이 촉촉하게 변해 애절하게 말했다. 내 눈치를 보지도 않았다. 다음 생? 놀란 것은 나였다. 다음 생에 만나자니? 이십대의 보이들이 할 수 있는 말인가.

한국으로 돌아온 후에도 서핑숍의 연락은 계속되었다.

딸은, 지난여름 지진을 겪은 후 발리는 가지 않는다. 지진은 예상 못한 것이었다. 나는 이미 두 번의 지진 경험이 있었지만, 발밑이 흔들린다는 표현은 그날 발리의 지진을 조금도 나타내지 못했다. 껍데기처럼 죽은 표현일 뿐이었다. 꾸따에서의 지진은 평생 잊을 수 없을 것이다. 발밑이 아니라 인생 전체가 흔들리는 경험이었다.

빨리 먹어.

떡국의 김 가닥이 지저분하게 풀어졌다. 딸이 서둘러 떡국을 먹는다. 딸은 새벽 강습을 마치면 식사하고 서퍼 마사지를 받은 다음, 나와 관광에 나서곤 했다. 우리는 우붓이나 울루와트 사원까지 오토바이나 우버 택시를 렌트해 다녀오곤 했다.

스미냑에 가던 날. 우버 택시 수배가 어렵자 아이는 딱 한 번 게마르에게 콜을 보냈다. 운전석엔 아리온, 조수석에 게마르를 태운 숍의 봉고가 삼십 분 만에 호텔 마당으로 들어섰다. 아리온은 신이 나서 레게 리듬으로 운전했는데, 봉고가 번화가에서 멈추어 섰다. 레게 리듬에 몸을 맡겼던 나는 눈을 떴다. 경찰이 다가오는 게 보였다. 관광지 꾸따의 도로 사정은 최악이었다. 좁은 도로에 차와 오토바이, 사람들이 개미굴 같은 골목에서 끝없이 나왔다. 현지인들은 신기하게 좁은 틈을 비집고 들어오거나 빠져나가면서도 짜증 내는 이가 없었다. 아리온이 도롯가에 차를 세웠고, 조수석의 게마르가 운전석으로 넘어갔다. 아리온은 그러니까 도로 연수를 했던 것이다.

조수석으로 옮긴 아리온이 뒷좌석의 우리를 돌아보며 씩 웃었다. 내 운전 솜씨 어땠어? 즐거웠니? 묻자, 딸이 하이파이브를 해주었다. 아리온의 얼굴이 환해졌다. 세상을 다 가진 왕자의 얼굴 같았다. 이십대의 잘생긴 아리온

은 유독 딸아이를 좋아했다. 눈빛에서 고스란히 감정이
느껴졌다.

노.

발리니스 보이들의 대시에 딸은 분명했다. 저녁엔 엄마
와 놀 거야. 난 서른둘이야. 너보다 나이가 아주 많아. 검
은 고무 같은 피부를 가진 발리니스 보이들에게 거침없이
노를 날렸다. 이십대의 발리니스 보이들은 조금도 흔들리
지 않았다. 오우, 정말? 서른둘? 안 믿어져. 놀라면서도
그게 무슨 상관이냐고 했다. 호텔로 데리러 갈게. 생각이
바뀌면 연락 줘. 상처받지도, 포기하지도 않았다. 공항에
데려다줄게. 또 올 거지? 언제 오니? 나를 잊지 마. 다음
생에 만나. 파도를 타는 사람들이라서일까. 서퍼들은 지
치지 않고 다가오고 밀려왔다.

그러다 우리는 갑자기 철수했다. 계속되는 강습에 딸이
자잘한 부상을 입던 때였다. 파도의 악력에 발톱이 깨지
고 손가락뼈에 금이 가고 갈비뼈에 부상을 입었다. 그래
도 딸은 서퍼 마사지를 받고 진통제를 먹으며 보드에 기
어올랐다.

딸아이가 몸살을 앓으며 잠든 밤이었다. 하지 마, 하지 마. 아이가 잠결에 소리를 질렀다. 서핑을 하면서 사라졌던 헛소리가 재발하는가. 나는 딸을 깨우려 했다. 발리에 와서, 멍한 시선과 한숨 쉬는 버릇도 사라졌는데…… 다음 순간 딸이 소리를 질렀다. 엄마 다리 좀 떨지 마.

나는 다리를 떨지 않았고, 평소 그런 버릇도 없었다. 그때, 아래층 어딘가에서 비명 소리가 날아왔다. 곧이어 여기저기 객실 문이 우당탕 열리며 침대가 드드드드, 요동했다. 호텔 전체가 흔들렸고 딸도 거인의 발길에 차이듯 잠 밖으로 떨어졌다. 7.6의 지진이었다.

우리 방은 오층이었다.

겨우겨우 일층에 도착하자 로비는 이미 난민 캠프 같았다. 디카프리오처럼 잘생긴 백인 투숙객이 여자 친구와 계단에서 껴안고 울고 있었다. 투숙객은 대부분 서양인이었다. 유럽인은 유독 패닉 상태였다. 엘리베이터는 사용할 수 없고 건물은 계속 흔들렸다. 호텔은 바다처럼 롤링과 피칭을 반복했다. 호텔엔 파도에 능숙한 선원 같은 종업원이 없었다. 모두 우왕좌왕이었다. 딸은 눈 나쁜 엄마를 오층에서부터 데리고 걸어오느라 제정신이 아니었다.

호텔에서는 반라로 뛰쳐나온 투숙객을 위해 비치 타월을 제공했다. 어떤 손님은 객실용 침구를 끌고 와 로비에 잠자리를 만들었다. 그러고도 무서워서 잠자리에 들어가지 못했다. 나도 비치 타월을 망토처럼 둘러썼는데 딸은 그럴 여유조차 없는지 가슴에 끌어안고만 있었다. 로비는 폰이나 노트북으로 지진에 대한 정보를 수집하는 투숙객들로 종군 캠프같이 변했다. 차들이 호텔 마당으로 연달아 들어섰다. 투숙객들이 수배한 차량이었다. 로비는 빠르게 탈출 분위기로 변했다.

딸은 서핑숍으로 전화를 걸었다.

서핑숍의 사장은 세계 랭킹을 보유한 서핑 선수이자 현지인이다. 전화는 겨우 연결되었다. 괜찮아. 걱정 마. 누구보다 현실적인 대처 방안을 제시하리라 기대했던 숍의 사장은 이미 로비에서 들은 정보만 반복했다. 지진의 진앙은 룸복이다. 룸복에서 일주일 전에 지진이 났고, 수백 명의 사망자가 발생했다. 오늘 밤 지진은 그 여파다. 내일 강습은 예정대로 진행된다. 취소한 고객은 없다. 어찌 될지 좀 더 지켜보자. 그리고 사장이 마지막으로 한 방을 날렸다. 이제부터 여진이 몇 차례 더 있을 거야. 윽. 딸이 신음을 뱉었다. 아이는 비치 타월을 가슴에 구명정처럼 끌어안았다. 그사이에도 호텔 마당엔 차들이 연신 들어섰고 길죽길죽한 서양 남자들이 커다란 캐리어를 차 안으로 던져 넣으며 뭉텅뭉텅 호텔을 빠져나갔다. 통화가 끝났을 때 로비에 남은 사람은 고작 대여섯 명이었다.

우리는 다음 날 정오가 지나서야 공항으로 떠났다. 투숙객 중에 제일 늦은 케이스였다. 발리를 벗어날 비행기 표를 구하느라 딸은 로비에서 꼬박 밤을 새웠다. 겨우 표를 구한 후에는 오층의 룸으로 돌아가 캐리어를 꾸려야 했다. 여진은 그 사이에 몇 번이나 이어졌다. 생전 처음 겪는 공포였다. 이런 공포도 있었나 싶게 전혀 생각지도 못한 무서움이 사지를 결박했다. 그런데 신기하기도 하지. 결코 잊을 수 없을 것 같던 공포는 비행기가 발리 상공을 벗어나자 조금씩 희미해졌다.

하룻밤 사이에 해골처럼 탈진한 딸은 공항에 도착해서야 숍에 전화를 걸었다. 나 돌아간다. 레슨은 취소야. 게마르가 전화를 받았다. 잘 가. 다시 올 거지? 보드 위에서 가볍던 게마르는 처량하게 전화를 받았다. 난 태어나면서부터 발밑이 흔들렸어. 지진은 정말 무서워. 게마르의 작별 인사는 숍 사장과 분위기가 달랐다. 힘없고 슬펐다. 딸은 생수를 벌컥벌컥 마셨다. 오전 내내 굶고 물만 마시던 딸이었다. 드디어 비행기에 오르자 딸은 무너지듯 의자에 주저앉았다. 평소 엄마를 창가에 앉히던 배려조차 잊고. 나도 딸 옆에 앉아 눈을 감았다.

어느 순간 고개를 들어보니 딸이 울고 있었다. 소리도 내지 않고, 고개를 비행기 창으로 돌린 채. 지진은 딸의 실연에 어떤 영향을 끼쳤을까. 호텔 로비에서 딸의 시선은 커다란 캐리어를 번쩍번쩍 들어 올리는 남자들을 향해 있었다. 내가 오층에 가서 짐을 챙겨 오겠다고 해도, 절대 안 된다고 단호히 막았다. 딸은 지진이 처음이었고, 재난 상황에서 장애자급 약자인 엄마는 혹이었다. 엄마를 보호하려고 고슴도치처럼 가시를 세우던 아이는, 비행기가 발리를 벗어나자 긴장을 풀었다.

비행기의 고도와 속도가 일정해지고 발리를 완전히 벗어날 즈음, 딸은 가슴 위에 두 팔을 엑스자로 교차해 자신을 껴안은 채, 눈물이 마른 눈으로 물었다.

엄마, 발리 사람들 어떡해? 아리온과 게마르는 어쩌지?

기운 없이 말했다. 캠프 사장은 아내와 아기도 있는데

우리처럼 도망갈 수도 없잖아. 자기 나라를 두고 어디로 가겠어. 게마르의 목소리가 너무 기운이 없었어. 완전 슬픈 목소리였어. 물때와 바람에 따라 캠프를 옮겨 다니던 서퍼들. 잊지 말라고 다음 생에 만나자던 스무 살 아리온이 왜 그런 말을 했는지 조금 이해가 될 듯했다. 레게처럼 흔들리는 대지를 벗어난 다음 생에 대한 기약, 염원이 아니었을까.

오후에는 백화점에 가기로 했다. 우리는 외식을 하고 커피를 마실 것이다. 내가 견딜 수 있을까. 알 수 없지만 계획은 그렇게 세워두었다.

엄마. 이거 좀 봐. 딸이 동영상 하나를 내민다.

검은 슈트를 입고 말총처럼 머리를 질끈 묶은 딸이 발리의 파도를 타는 중이다. 서핑 강습 영상이다. 딸은 파도의 허리에서 영락없이 물속으로 곤두박질친다. 지진이 오기 전, 곳곳에 부상을 당하면서도 어푸어푸 일어나 보드로 기어오르던 딸은 돌고래 같다.

빨리 안 먹을 거야!

나의 호통에 딸은 후루룩 떡국을 들이켠다.

딸과 소파에 누워 어깨를 흔든다. 폰에서 음악이 나온
다. 딸이 선곡한 음악이다. 소파는 모녀가 눕기 적당하다.
무슨 노래야? 나의 물음에 딸이 가사를 읊어준다. 목청이
가늘고 음색이 맑아 노래 가사와 어울리는 목소리다. 아
이는 일부러 건들거리며 읽는다.

자꾸만 눈이 마주쳐~어
심장이 타올라와

나는 첫 소절부터 끌려든다. 가사가 솔직하다.

너에게 다가가서 말을 걸어볼까

리듬은 레게처럼 흔들린다.

자꾸만 눈이 마주쳐~어
미소를 지어볼까
내 눈과 마주치면 넌, 고개를 돌려

가사가 호소력이 있다. 가볍게 투정하는 것 같지만 절

실함이 느껴진다. 발리의 아리온처럼.

　너와 나 사이엔 그 무언가가 있어
　불꽃 같은 것 불꽃 같은 것

　절정이다. 가습기의 수분처럼 분사되고 분출하는 감정.
내가 집중하자 딸은 내 귀에 대고 노래를 부른다. 닫혀 있
던 내 속의 창 하나가 스르르 열린다. 어둠에 잠겨, 거기
있는 줄도 몰랐던 창이다. 창밖은 싱그럽다. 풋풋하고 청
량한 바람이 분다.
　인간은 제게 없는 것에 홀리는 존재인지 모른다. 건강
만 좋아졌으면 했는데 내 속에 있는 줄 몰랐던 창이라니.
백화점 쇼핑을 견딜 수 있을지 모르면서 계획부터 잡는
나다.

　송어회에서는 수박 향이 난대. 색깔도 연어처럼 빨갛
더라. 친구의 말을 불쑥 흉내 내본다.
　아이가 흔들던 어깨를 멈추고, 폰의 볼륨을 줄이더니
상체를 틀어 나를 본다.
　왜 자꾸 그 얘기야?

나도 모르겠다. 왜 그 얘기가 나오는지. 나는 국밥집 주인보다 아래층 조류에 사는 사람. 지진을 겪고도, 당장 몇 시간 후의 일을 알 수 없으면서도 다른 조류를 호시탐탐 엿보는 사람이고, 방공호를 찾아 헤매지만 막상 방공호 안에 있으면 밖으로 나갈 기회를 엿보는 인간이다. 공포와 위험에 결박되지 않으면, 과거의 곤란을 쉬이 망각하는 어리석은 인간, 그리하여 과거의 영상을 재생시키는 아이에게 단박 전이되고 감염되는, 전도율 높은, 얄팍한 존재이기도 하다.

혹시 그 조카 얘기를 하고 싶은 거예요? 딸이 이상하다는 눈으로 나를 본다. 난 착한 남자는 지루해서 싫거든요. 똑 부러지게 밝힌다.

착한 남자는 지루하다고?

어이없는 말이다. 나라면 도무지 할 수 없는 사고다. 완전 다른 조류의 발칙한 사고, 당연히 같은 사고일 리 없으리라.

이 동네에도 송어회 파는 곳 있어요?

딸이 폰으로 검색한다. 송어회가 먹고 싶은 건 아니야, 라고 말해야 하는데 또 엉뚱한 소리가 튀어 나온다. 송어회는 이 인분!

너와 나. 두 사람이니 이 인분이지. 너 먹을 거 일 인분만 사오라고 소리쳤다는 친구 동생을 능가하고 싶나 보다.

딸아이가 폰을 내려놓고 내 얼굴을 들여다본다. 나도 멀뚱이 마주본다. 왜에? 아리온처럼 다음 생에 만나자고 한 것도 아닌데. 속으로 주절거리면서.

이 인분이라고요?

딸이 되묻는다. 백화점엔 안 가고요?

글쎄. 모르겠다. 내 독백을 들었을 리 없는 아이는 엉뚱한 엄마를 대수롭지 않게 여기고 화제를 돌린다. 엄마, 이런 노래가 있네? 제목이 '뻥'이야. 뻥. 들어볼래요? 전도율이 꽤 높은 나는 이내 호응한다. 뻥 뜯는다, 할 때의 뻥? 색다른 곡조가 물이 바뀌듯 새 조류처럼 흘러나온다. 딸은 송어횟집을 검색한 게 아니고 노래를 찾았던 거구나.

뱃사람의 방황과 여성의 항로

임정균(문학평론가)

1

　유연희의 세번째 소설집 『일각고래의 뿔』은 그의 전작 『무저갱』(북인, 2011), 『날짜변경선』(산지니, 2015)과 더불어 바다를 배경으로 한 소설로 채워져 있다. 바다를 향한 작가의 관심에는 국내 최대의 항구도시인 부산에 연고를 둔 것만으로는 설명할 수 없는 집요함이 엿보인다. 그 집요한 시선에서 19세기 독일 낭만주의 화가인 카스파르 다비드 프리드리히(Caspar David Friedrich)의 대표작 「안개 바다 위의 방랑자(Wanderer above the Sea of Fog)」(1818)를 떠올릴 수도 있을 것이다. 산 정상에 올라 마치 바다

와도 같은 안개를 내려다보는 한 남자의 뒷모습에서 우리
는 무자비한 대자연에 맞서는 근대인의 결연한 의지를 엿
본다. 정상을 정복한 그는 더 넓은 세계로 시선을 돌리기
위해 바다 건너를 바라보며 어떤 긴장과 호기심을 느끼는
듯하다. 바다에 대한 공포와 그 너머 세계에 대한 호기심
이 오늘날의 근대적 세계를 형성하는 데 주요한 동인이었
음은 물론이다.

  본격 해양소설이라 불러도 좋을 유연희의 소설들을 앞
에 두고 문득 이런 의문이 들 수도 있겠다. 국토의 삼면이
바다로 둘러싸여 있음에도 한국문학에서 해양문학은 어
째서 생소한가. 근대문학으로서 해양소설이 부상한 것은
서구 세계의 제국주의적 팽창과 무관하지 않았다. 가령
그 자신이 선원이기도 했던 조셉 콘래드가 『어둠의 속』과
『로드 짐』을 비롯한 소설을 통해 영국의 제국주의와 식민
주의의 실상을 그려낸 바 있듯 해양소설의 밑바탕에는 자
연을 대상화하는 인간 중심의 세계관과 자본주의를 비롯
한 서구의 근대적 이데올로기가 바다 건너 전 세계로 팽
창하게 된 역사가 놓여 있다. 한 번도 다른 나라를 침략한
적이 없었던 우리 민족의 역사를 떠올린다면, 근대적 의
미의 해양문학이 한국문학에서 생소할 수밖에 없었던 이

유 또한 짐작해볼 수 있을 것이다. 하지만 고대 동아시아 해상 교역의 강자였던 백제와 바닷길을 통해 서역으로 향했던 신라의 혜초, 해상왕 장보고 등을 떠올리자면 바다는 우리 역사에서도 빼놓을 수 없는 무대였다. 그런 가운데 유연희는 지난 2019년 한국해양문학상을 수상한 『항해자들』에서 옛 발해인들의 항로를 답사하는 여정을 통해 단순히 바다를 배경으로 한 모험담을 넘어 한국 해양문학의 역사적 가치를 되새기게 해주었다. 유연희의 해양소설은 한국문학에서 드문 귀중한 자산인 동시에 천금성 이후 부산의, 나아가 한국 해양소설의 명맥을 이어가는 작품이라 봐도 좋을 것이다.

2

해양문학을 바다를 배경으로 한 문학으로 범박하게 정의할 수도 있지만, 호메로스의 『오디세이아』를 떠올리면 문학의 기원 자체가 바다에 있다고도 말할 수 있다. 바다 건너 미지의 세계에 대한 인간의 오랜 호기심은 먼바다를 항해할 수 있는 기술이 갖춰지자 결국 지구상의 모든 대류을 탐험하고, 정복하도록 만들었다. 이제 인간은 지구 밖 다른 행성으로의 이주마저 상상이 아닌 구체적인 현실로 만들 계획까지 세우고 있지만, 아직 바다는 인간에게 완전히 정복되지 않은 미지의 장소다. 그곳은 여전히 인간에게 모험의 공간이고, 모험이야말로 모든 서사 장르의 마스터 플롯이 아닐까. 그러므로 유연희의 첫 소설집 『무저갱』의 표제작에서 다음과 같은 바다에 대한 인식을 엿볼 수 있는 것도 이상한 일은 아니다.

이쯤일 거야. 그 옛날 바다 사람들이 한없이 항해해 나가면 지구 밖으로 뚝 떨어지는 지옥의 바다라고 믿었던 무저갱이. 조타수가 타를 잡고 중얼거린다. 그의 목소리도 바닥에 닿지 못한 듯 가라앉는다. 한없이 떨어지는 감옥이라니. 입이 말라온다. 수평선에 갇혀 있다고 생각했던 유람선상이, 출항 전의 부두가 아득하게 느껴진다.

사내라면 한번은 바다로 나가야 한다던 고모부의 말이 아니어도 나는 알고 있었다. 아무도 가르쳐주지 않아도 언젠가 한 번은 육지라는 거주 구역을 떠나 바다로 와야 한다는 걸. 어쩌면 그것은 아주 오래전부터 치밀하고 반복적으로 진행된 음모 같았다.(「무저갱」, 47~48쪽)

뭍을 떠난 선원들이 바다를 지옥이라 여기는 까닭은 서사시의 영웅들이 지옥을 모험하며 생(生)과 사(死)의 원리를 배웠던 것과 크게 다르지 않다. 이를 오랫동안 반복되어온 모종의 음모로 여기면서도 누구든 한 번은 그 모험을 감행해야 한다는 데에는 근대적 개인의 체념이 깔려 있다. 플롯에 음모(complot)라는 의미가 있기도 하거니와 항해는 서사시적 영웅이 모험을 통해 자신의 운명을 깨우치도록 계획했던 신들의 플롯이다. 하지만 근대적 인간과 근대소설의 주인공에게 신들의 계획 같은 것은 더 이상 존재하지 않는다. 그들의 모험에서 주어진 운명이란 없고, 모험을 통해 자신의 운명을 발견하는 것도 실패하고 만다. 존재하지 않는 신의 계획은 불가항력의 음모로 가정될 뿐이지만, 그럼에도 음모와 맞서기에 소설 주인공의 실패는 무용한 것만은 아니다. 신이 없는 세계에서 인간은 바로 그 무용한 실패를 통해 자기 자신의 고유한 삶을 개척해오지 않았던가.

바다를 무대로 한 만큼 『일각고래의 뿔』에 실린 소설들에서도 뭍을 떠난 뱃사람들의 항해는 곧잘 인생행로에 비유되곤 한다. 광막한 바다 위에서 어둠과 시커먼 파도를 헤치고 저 멀리 희미하게 보이는 등대의 불빛을 따라 뱃머리를 돌리는 일이 어찌 인생과 다를 수 있을까. 더욱이 "태어난 땅에서 가족들과 살다 죽는 것은 옛말"(97쪽)이된 시대에 방랑은 통과의례이고, 개척 정신은 필수 덕목인지도 모른다. 불법 포경 단속을 피해 일본으로 건너간 인물들의 이야기인 「일각고래의 뿔」을 포함하여 소설집에 등장하는 인물들은 제각기 어떤 이유로든 고향을 떠나 바다와 이국의 땅을 헤맨다. 그들은 여행을 통해 잠깐의 모험과 도전을 꿈꾸기도 하고(「마지막 테라스 만찬」), 휴양지에서 맞닥뜨린 대자연의 공포 앞에 주눅이 들기도 하며(「송어회는 이 인분」), 이국땅에서 풍토병과 향수에 시달리기도 한다(「블루 시드」). 방랑과 정주 사이를 끊임없이 오가는 이 인물들은 안정된 생활을 바라는 욕망과 더 나은 삶을 위한 도전 사이에서 방황하는 인간 삶의 아이러니를 잘 보여준다.

가령 「방랑하는 뱃사람」은 그러한 이야기의 모범과도 같은 소설이다. 늙은 선원인 강은 이제 바다가 지긋지긋하지만, 제 몸처럼 낡은 배에 몸을 싣는다. 아들이 원전 회사에 취직을 한 이후 강은 더는 배를 타지 않아도 되리라 기대했으나, 아들은 입사 삼 년 만에 회사의 비리를 문제 삼았다는 이유로 해고당한다. 이길 수 없는 바다와 무모한 싸움을 벌이듯 거대 권력과 기어이 맞서기로 작정한 아들에게 강은 "사회 경력을 더 쌓고 힘을 키워서 대항하라"고 충고했지만, 아들은 "왜 해보지도 않고 겁을 먹어요!"(70쪽)라고 따진다. 다시 배에 오른 강은 사 년째 바다를 헤매게 될 줄은 몰랐다. 선대의 뱃사람들은 길이 보이지 않는 바다에서 그나마 안전한 해로를 개척했고, 후대의 선원들은 그 길을 따라 항해해왔다. 그럼에도 바다는 여전히 위험천만하고, 이는 베테랑 선원인 강에게도 마찬가지다. 등대가 보이지 않을 만큼 두터운 안개가 배를 쫓아오자 강은 억눌러온 두려움을 느낀다. 반면 바다의 무서움을 아직 모르는 젊은 조타수는 안개를 따돌리자고 허무맹랑한 말을 한다. 한때는 강도 "이판사판으로 달려들어 결판"(71쪽)을 보는 사람이었던 까닭인지 그는 무의식적으로 배의 속력을 올린다. 낡은 배가 몸살 앓는 소리를 내며 안개를 따돌리려 해보지만 "세상에 만만한 바다"(76쪽)는 없는 법. 끝내는 안개 속에 갇힌 꼴이 되고 만다. 한 치 앞도 분간할 수 없는 상황에서 강이 할 수 있는 일이라고는 무적(霧笛)을 울리며 불행이 피해 가길 기도하는 것뿐이다. "등대여, 너를 찾을 수 없으니 네가 나

를 찾아다오. 세상의 배는 나를 피해 가시오. 나와 부딪히지 말아주오."(78쪽)

가까스로 위기를 넘긴 뒤 바다와의 싸움이 무모하다는 것을 다시 한번 배운 늙은 선원은 아들뻘의 조타수에게서 자기 아들의 모습을 본다. 아버지 없이 자라 세상 모든 아이들이 저처럼 엄마만 있는 줄 알았다는 조타수의 말에 강은 오래전 어린 아들이 부두에 정박해 있는 배들을 향해 "우리 아빠 좀 데려가라"(83쪽)라고 말하는 걸 보고 충격을 받았던 기억을 떠올린다. 강은 조타수에게 위로의 마음을 담아 자신 같은 아버지라면 있으나 마나 한 것이라고 말하지만, 애송이처럼 보였던 조타수에게서 뜻밖의 대답이 돌아온다. "있으나 마나 한 아버지가 어딨어요." (84쪽) 소설은 그에 상응하듯 강의 아들이 보내온 다음과 같은 내용의 메일을 읽는 장면으로 끝이 난다. "원전에서 문제가 발생하면 제일 먼저 바다가 망가진다. 바다가 파괴되면 인간이 살 수 없고, 원자력에서 얻는 이득으로는 만회할 수 없는 무서운 재앙이 닥친다. 바다가 망가지면 아버지 같은 뱃사람들의 일터가 사라진다. 집과 가족을 떠나 바다에서 일해온 가장들의 세상이 없어지는 것이다. 그러니 아들인 내가 어찌 가만있을 수 있겠는가."(88

쪽) 그리고 그 끝에는 언젠가 강이 재수하던 아들에게 들려주었다는 투구게 이야기가 덧붙는다. 수억 년을 살았다는 투구게로부터 "가장 위대한 생존자는 긴 시간을 견디는 DNA"(89쪽)임을 배운 아버지와 그로부터 뭔가를 배운 아들의 이야기는 제법 감동적이다.

이처럼 바다는 선원과 그 가족들을 먹여 살리는 삶의 터전이면서, 동시에 숱한 경험을 쌓은 늙은 선원에게는 여전히 어떤 가르침을 주는 장소다. 특히 선원의 경험은 이야기의 형태로 아들에게 전수되며, 그 과정은 "물처럼 흘러가는 유전(流轉)"(90쪽)에 비유된다. 이러한 이야기의 효과에 주목한 발터 벤야민은 이야기의 유형을 농부의 것과 선원의 것으로 구분한 바 있다. 농부의 이야기가 인간이 정착한 땅의 역사라면, 선원의 이야기는 미지에 대한 호기심과 상상력을 자극하는 허구적 이야기의 기원이다. 그 구분과 별개로 이야기는 오랫동안 삶의 경험과 지혜를 전수하는 행위였고, 인류는 그러한 의사소통 행위를 통해 문명을 이룩해왔다. 근대로 접어들어 경험을 교환하는 이야기의 전통이 몰락하는 것을 목격한 벤야민은 조언을 주고받을 수 없는 고독한 개인의 서사 형식인 소설의 발흥이 그 몰락의 마지막 단계라고 예견했다.[1] 우리 역사 속 해양문화를 되짚어보는가 하면, 선원들의 이야기를 통해 근대적 개인의 모험과 삶의 본질을 꿰뚫어 재현하는 유연희의 소설은 마치 벤야민이 한 세기 앞서 예견했던 이야기의 몰락에 저항하는 듯하다.

3

하지만 유연희의 소설에서 더 주목해야 할 것은 오랫동안 바다가 전형적인 남성들의 공간이었다는 점일 것이다. 루카치가 근대소설을 두고 "성숙한 남성의 형식"[2]이라고 서슴없이 말할 수 있었던 것은 모험을 통해 자기 내면의 진정성을 찾는 근대적 주체란 곧 남성이라는 인식이 깔려 있었기 때문이다. 근대적 주체의 진정성이 바다와 같은 혹독한 세계와의 대결을 통해서만 얻을 수 있는 것이라면, 선원들의 강인한 육체에 새겨진 남성성은 근대적 주체의 필수 조건처럼 보이기도 한다. 배의 이름을 여성의

---

1 발터 벤야민, 「얘기꾼과 소설가」, 『발터 벤야민의 문예이론』, 반성완 편역, 민음사, 1983.
2 게오르그 루카치, 『루카치 소설의 이론』, 반성완 옮김, 심설당, 1998, 76쪽.

이름으로 지어온 뱃사람들의 전통에서 "여자를 그리워하는 뱃사람들의 허기와 갈증을 이용해 항해의 고단함을 무마시키려는 의도"(「무저갱」, 『무저갱』, 37쪽)를 발견하게 되는 것도 그런 의미일 것이다. 이렇듯 오랫동안 모험은 남성들의 전유물이었으며, 여성은 고향을 떠나 방황하는 근대적 주체들이 귀향할 장소를 상징하는 낭만적 대상으로 재현되곤 했다.[3]

그러므로 우리는 바다라는 모험의 공간에서 펼쳐지는 남성적 플롯이 유연희의 소설에서 어떻게 다루어지고 있는지를, 여성 인물들이 그 플롯 속에서 어떤 전망을 얻게 되는지를 보다 적극적으로 살펴볼 필요가 있다. 이를테면 「손가락 꺾기」에는 어린 딸을 맡기고 일을 나갔다가 돌아온 아들에게 더 이상 돌봄노동을 수행할 수 없다고 선언하는 어머니가 등장한다. 그런데 그녀는 가부장제가 여성에게 부과해온 돌봄노동의 문제점을 지적하기보다는 "나도 부양을 받아야 할 나이"라며 "어디 가서 미친년이라도 하나 데려와라"(40쪽)고 일갈한다. 바다로 떠난(떠나

3 근대적 향수와 낭만화된 여성성에 관해서는 리타 펠스키, 「2장 : 향수에 대하여 · 역사 이전의 여성」, 『근대성의 젠더』, 김영찬 · 심진경 옮김, 자음과모음, 2010, 참조.

려는) 남성을 뭍에서 기다리며 가족을 건사하는 전형적인 여성의 역할이 이제는 제정신이 아니고서는 수행하기 힘든 일임을 어머니는 잘 알고 있지만, 그녀가 원하는 것은 그저 자신의 역할을 대신할 '미친년'을 찾는 일이다. 이에 '나'는 사고를 빌미로 선원이 되어 바다로 떠나려는 속셈으로 자신의 손가락을 부러뜨린다. 얼핏 모자의 행동은 서로 적대적인 듯 보인다. 그러나 바다로 떠나기 위한 '나'의 자해가 아버지의 인생행로를 답습하는 동시에 어머니의 바람대로 그녀를 대신할 희생양을 찾는 일로 이어지면서 결과적으로 모자는 가부장제를 유지하기 위한 공모관계임이 밝혀진다. 모자의 공모는 잇몸이 붉은 순진한 여성을 옭아매는 데 거의 성공하는 듯하다. 하지만 딸 현서의 입속이 빨갛게 보이는 대목에 이르면 이 소녀의 미래가 윗세대 여성들의 어두운 전망으로부터 자유롭지 않을 것이라는 불길한 예감이 든다.

이러한 관점에서 볼 때 작가의 등단작 「렌즈」가 산행을 하는 것으로 시작한다는 점이 주목을 끈다. 한 여성이 남편의 직장 산악회를 따라 산을 오른다. 시력이 몹시 나쁜 이 여성은 산 정상에 올라 무엇을 보게 될까. 산행에 쉽게 지쳐버린 그녀에게서 '안개 바다 위의 방랑자'의 면모는 찾아보기 어렵다. 한편으론 산에 오른 여성의 이미지는 바다로 떠난 남편을 기다리다 망부석이 되어버린 뭍사람의 전형적인 상징처럼 보이기도 한다. 그러나 애초에 초고도 근시인 그녀에게 먼바다를 조망하는 일은 허락되지 않은 일이다. 흥미롭게도 그녀가 산행에서 주목하는 것은 정해진 관습로를 따라 산을 오르는 일군의 사람들이다. 앞서 걸은 자들의 발자취인 관습로는 그 길만 따라가면 목적지에 도달하는 것이 보장된 안전한 길이다. 물론 그러한 산행에도 나름의 노고가 있겠지만, 그 길에 모험은 없고 관성만 있을 뿐이다. 그 길 역시 어떤 결말을 향한 하나의 플롯이되, 너무 되풀이되어 생명력을 잃은 플롯인 것이다. 그러나 시력이 나쁜 그녀에게는 발을 떼는 매 순간이 없는 길을 개척하는 일일 수도 있으며, 바다에서의 모험과 마찬가지로 자욱한 안개와 파도의 벽과 싸우는 일이었을지도 모른다. 그런 점에서 시력 교정은 먼바다를 조망하는 남성적 플롯에 대한 동경을 의미한다. 그녀는 먼바다가 아닌, 눈앞의 벽과 맞서기로 마음먹은 듯하다. 이는 이 소설집에 실린 「송어회는 이 인분」의 작중화자 '나'에게도 마찬가지일 것이다. 시력뿐만 아니라 청력까지 나쁜 초로의 여성인 '나'는 "내가 접하지 못한, 상위 조류의 삶과 사람"(167쪽)을 원한다. 이 소설에서 흥미로운 대목은 '나'가 가진 독특한 인생관과 더불어 딸에게 갖는 양가적 감정일 것이다.

삶에는 여러 층위가 있다. 바닷속에는 조류가 있어 물길이 여러 개인 것처럼 사람살이도 그런 것 같다.

나는 잘 듣고 잘 보는 딸이 신통하다. 딸아이는 나와 다른 층위에서 살았다. 잘 보이고 잘 들리는 딸은 상위의 조류를 타지만 정작 본인은 그게 복인 줄 모른다. 당연한 것으로 여기고 자신에게 없는 것을 찾아 헤맨다. 멋진 남자 친구나 똑똑함, 예술적 재능 같은 것.(161쪽)

'나'는 자신과 달리 잘 듣고 잘 보는 딸이 신통한 한편, 딸의 젊음과 건강함에 시기심마저 느끼는 듯하다. 이러한 '나'의 '조류론'에는 삶의 주체성보다는 더 나은 삶을 향한 단순한 열망만이 엿보일 뿐이다. 지난해 여름, 발리로 여행을 떠나는 딸을 따라나설 때만 해도 딸의 조류에 편승해보려는 마음 같은 건 들지 않았다. 그곳에서 지진을 겪으며 "재난 상황에서 장애자급 약자인 엄마는 혹"

(178쪽)이라는 것을 경험한 이후 '나'는 부쩍 상위 조류의 삶을 동경한다. 동경이란 갖지 못한 것에 대한 체념의 정서를 동반하기 마련이다. 남성에게 배움과 성장의 플롯인 모험은 여성에게는 시련과 체념만을 깨닫게 해주는 것일까. 그러나 이 소설의 결말은 뜻밖에도 "풋풋하고 청량한"(181쪽) 분위기가 감돈다. 자신이 견딜 수 없을 것임을 알고 있지만, 일단은 계획부터 해보는 성격인 이 인물은 딸이 귓가에 속삭인 노래에서 문득 마음의 창 하나가 열리는 것을 느낀다. 그녀가 여생을 어떻게 살아갈지는 모를 일이지만, 적어도 지금까지와는 조금 다른 길을 걷기로 한 것은 분명하다. 그 여정은 혹독한 세계와 자아 사이의 아이러니를 교정하는 남성적 방식이라기보다는 "송어회는 이 인분!"(182쪽)이라고 말하며 자신의 몫을 챙길 줄 아는 자기 돌봄의 방식일 것이다.

그러한 길을 막 걷기로 한 여성의 모습을 「마지막 테라스 만찬」의 마지막 장면에서도 엿볼 수 있다. "관광이나 휴식이 아닌 여행을 하고 싶어. 그러니까 도전을 하고 싶다고."(133쪽) 이렇게 말했던 남편을 따라 함께 여행을 떠나온 '나'와 그녀의 친구 민희는 마지막 만찬을 즐긴 뒤 각자의 길을 떠나려는 듯하다. 도전을 하고 싶다던 남편은 누군가 짜놓은 안전한 일정을 지키기에 급급하고, 민희는 낯선 이국땅에서 만난 남자를 찾아 현지인도 알지 못하는 경로를 선택했다. 시어머니에게 배운 사주풀이로 역사가 정해놓은 제 운명을 이미 보았을 민희가 찾는 것은 두리안을 든 범상치 않은 행색의 남자나, 아나운서와 같은 말씨를 쓰는 말쑥한 남자는 아닐 것이다. '나'는 "네 친구를 어쩔래?"라는 눈빛을 보내오는 남편과 "넌 어쩔래?"(154쪽)라고 물어오는 민희 사이에서 전에 느껴본 적 없는 이상한 기분을 느낀다. 그러나 그건 불쾌한 감정이 아니라, 눈앞에 놓인 미지의 길에서 느끼는 호기심일 것이다.

바다를 무대로 한 유연희의 소설에서 모험은 남성들의 전유물일지 몰라도 호기심은 누구의 것도 아니다. 비록 이 소설집에 실린 여성들의 서사가 아주 먼 곳까지 바라보지는 못한다고 하더라도, 그건 그것대로 괜찮은 일이다. 남성적 플롯에서 여성들의 길이 열릴 가능성을 보여준 것만으로도 유연희의 해양소설은 보기 드문 성취를 보여준 셈이다. 유연희의 소설 속 여성들의 항해는 이제 막 시작되었고, 그 길은 아직 개척되지 않은 길이다. 그녀들이 어떤 길을 거쳐 어디에 도착하게 될지 아직 알 수 없지만, 유연희의 다음 소설이 그녀들의 소식을 전해주리라 기대한다.

.

경운기가 뒤집어놓은 땅에 고랑을 만든다. 도무지 진도가 나가지 않는다. 그리 긴 고랑도 아니고, 친구의 고랑에 비하면 절반도 되지 않는 길이건만.

"아무래도 안 되겠다. 너희 아저씨(남편)가 와서 도와줘야겠다." 밭 주인인 친구가 지나가며 한마디 한다. 나는 내 힘으로 할 거라고 다짐한다.

세번째 소설집을 내놓는다. 한 권의 수상집에 실린 경장편을 포함해도 초라한 실적이다.

글 쓰는 일은 갈수록 어려워서 끙끙거리던 차에 친구가 땅을 조금 빌려주었다.

나는 재빨리 농부가 되었다. 땅을 고르고 거름을 놓고, 파종하고 물 주며 잡초를 뽑는 등의 작업은 좋았다. 노동을 끝내고 어둑한 밭에서 돌아오면, 밥은 기막히게 맛있어서 나물 하나, 푸성귀 하나, 물 한 모금이 고유의 맛으로 살아났다.

농사를 시작했을 때 속셈은 따로 있었다. 초록 들판에 책상 하나를 놓고 싶었다. 나는 들판의 책상에서 하늘을 보고, 새소리를 듣고, 내리는 비와 노을을 보고 싶었다. 우선 밭가에 나무 의자를 들이고, 텐트를 쳤다. 그리고 은박지와 에어매트를 펴고 차와 간식을 준비했다. 밭 주인에게 눈치가 보여 차마 책상까지는 들이지 못한 채 봄, 여름, 가을을 보냈다. 초겨울이 되자 대기가 차가워지고, 텐트는 백발노인으로 변했다. 새것이던 텐트는 허옇게 탈색되면서 삭아, 표면에 손가락만 닿아도 죽죽 찢어져 내렸다. 여름 한철의 태양은 그리 대단했다. 초록 평원에 책상 하나를 놓고 싶던 나는 위장전입자처럼 밭으로 기어들었다.

"이제 상추 씨를 뿌려도 돼?"
종일 밭고랑을 다듬은 후 친구에게 물었다가, "아니. 잔

돌을 골라내고 고랑을 더 다듬어야겠네. 이대로 하면 물손이 끼겠는걸." 퇴짜를 맞았다.

며칠 전에는 쪽파를 심었다. 쪽파 심는 일은 끝이 보이지 않았고, 내 체력은 이미 바닥이라 남은 쪽파 씨를 고랑에 들이부었다. 나부터 살고 보자 싶었다. 며칠 후 나는 파종했던 쪽파 씨를 전부 파내어 다시 심었다.

소설은 쪽파처럼 다시 파종할 수가 없다. 일단 발표한 소설은 못생겨도 이미 다 자란 쪽파와 같으니까. 미진한 채로 여섯 편의 단편을 묶어낸다.

그사이 밭 한가운데 카페가 들어섰다.

대중교통 수단도 없는 텅 빈 나대지에 어느 날 공사가 시작되더니, 카페를 짓는다고 했다. 그럴 리가, 아무 것도 없는 밭 한가운데 카페라니. 그러더니 어느 날, 인공위성이 내려앉듯 황량한 나대지 한가운데 건물 하나가 툭 내려앉았다. 카페가 완공되었을 때는 마침 여름이어서 주변은 그런대로 초록 세상이었다. 무성한 초록의 정체가 잡초건 잡목이건 벼 이삭이건 상관없었다. 어쨌건 카페 주위는 초록이 무성했다. 바람이 불면 제법 녹색 평원이 흔들렸고, 해가 지면 도시에선 사라진 어둠이 스물스물 기어왔다. 자본의 위력은 여름 한철의 태양처럼 명징했다.

타타타타. 어디선가 노트북 자판 소리가 들린다. 카페에서 작업하는 이들이 내는 소리다. 나는 종이에 출력된 원고가 있어야만 글이 써졌다.

카페는 그런대로 성황이었다. 손님들은 대중교통이 없어도 자가 운전을 하고, 인터넷 검색으로 황량한 시골 카페를 찾아왔다.

오랫동안, 그러니까 젊었을 때 내 책상 하나를 갖고 싶었다.

베란다 구석, 옷장 사이의 빈틈, 주방의 한편, 그 어디라도 내 책상 하나만 있으면 살 수 있을 것 같았다. 가난하고, 병약하고, 친구나 애인이 없어도 책상 하나만 있으면 이 세상에서 버텨낼 수 있을 것 같았다. 그러던 나는 이제 들판의 책상을 꿈꾼다.

이 책에 실린 여섯 편의 소설은, 나의 길찾기다. 나는 책에서 인생의 답을 찾아왔다. 나의 소설 역시 조금은 구식일지도 모른다. 하지만 나는 구식의 아름다움을 사랑하는 사람, 내 소설의 미진함이 나를 새로운 세계로 끌고 갈지도 모른다. 기꺼이 출간해주신 출판사와 세심한 편집인 이명주 님께 감사드린다. 이런 분들이 나의 초록 평원이다.

인간이 저지른 가장 큰 실책이 '농사'라던 어느 과학자의 말을 떠올리며.

2022년 10월 마지막 날 평산에서
유연희

일각고래의 뿔

© 유연희

1판 1쇄 발행 │ 2022년 11월 30일

지은이 │ 유연희
펴낸이 │ 정홍수
편집 │ 김현숙 이명주
펴낸곳 │ (주)도서출판 강
출판등록 │ 2000년 8월 9일(제2000-185호)

주소 │ 서울시 마포구 동교로17안길 21 (우 04002)
전화 │ 02-325-9566
팩시밀리 │ 02-325-8486
전자우편 │ gangpub@hanmail.net

값 13,000원
ISBN 978-89-8218-309-6   03810

* 이 도서는 한국출판문화산업진흥원의 '2022년 우수출판콘텐츠 제작 지원' 사업 선정작입니다.